無雾葳心

衣向东 —— 著

作家出版社

目 录

前言或由头　　　　　　　　　　　　1
第一章　　往事并不如烟　　　　　　11
第二章　　挥之不去的噩梦　　　　　28
第三章　　打开尘封的记忆　　　　　61
第四章　　行走在人与鬼之间　　　　80
第五章　　没按下葫芦却浮起瓢　　　103
第六章　　披着羊皮的狼或披着狼皮的羊　120
第七章　　梦想变成孙大圣　　　　　140
第八章　　文字漂白的魔鬼人生　　　160
第九章　　壮志未酬身先死　　　　　194
第十章　　负重前行的守梦人　　　　216
第十一章　拨开云雾见彩虹　　　　　231
第十二章　躲过初一躲不过十五　　　244
第十三章　不获全胜不收兵　　　　　268
结尾或叹息　　　　　　　　　　　　283

前言或由头

柳一沙被执行死刑两年了，我答应为他写一本书，至今才迟迟动笔。这事挺折磨人的。二十多年前他残忍地夺去了四条人命，毁掉了两个家庭，却请求我不要把他写成恶魔，我真不知道该怎么写。

摆在案头的采访笔记，不知翻阅了多少遍，我似乎闻到了这堆文字里散发出的霉味，还有梅雨季节带来的不安与躁动。

我是2019年8月见到柳一沙的。当时为写一部公安题材的电视剧，我去菰城市公安局采访，在跟菰城市副市长、公安局局长姜晔聊天的时候，姜局长无意中提到由他挂帅破获了一起二十四年前的命案，案犯是个作家。我马上想到了两年前网上热炒的"著名作家"柳一沙杀人案，一问，果然，就关押在菰城看守所。

网传柳一沙是安徽的"著名作家"，有些夸大其词了，最多是在安徽小有名气。反正在他落网之前，我根本没听说过这个人。也是巧合，去菰城采访前两个月，我参加了一次作家采风活动，其中就有真正的安徽著名作家禾子。禾子曾担任安徽某文学刊物的主编，比较了解柳一沙，说在他印象中，柳一沙是个勤奋的人，想不到竟然是隐藏了二十多年的杀人凶手，真是人心难测。这时，同行的一位上海作协老前辈爆料，柳一沙曾因女儿的医疗事故跟上海一家医院打官司，专门给他写过求助信。老前辈说："当时我并不认识他，不过我还是跟有关部门反映了一下。"

几位作家围绕柳一沙杀人案的话题扯了一些闲篇，引起了我的兴趣。我上网查了柳一沙的资料。他跟我同岁，1985年就在安徽的一份文学期刊上发表了处女作，1990年自费到北京鲁迅文学院学习过四个月。1995年底，他在菰城犯下惊天大案。2005年，他的第一部中短篇小说集出版，获2005～2006年度安徽省"社会科学文学艺术出版奖"，这个奖项也被称为"安徽文学奖"，是安徽省最具权威的文学类评奖。

据说，柳一沙杀人潜逃后的这二十多年，是在噩梦中度过的。如此心理重负之下，他居然能坚持文学创作，还能获奖，他怎么做到的？

我跟姜局长提出要见柳一沙一面。姜局长有些为难，答应先了解一下情况再说。其时距柳一沙死刑的二审判决已过去小半年了，按照时间推算，最高人民法院的死刑核准书差不多该下来了，这时候犯人的情绪很不稳定，见面可能会引起他的强烈反应。

菇城市公安局警察公共关系办公室与看守所联系，得到的答复是，要见柳一沙必须征得他本人同意，还要有检察机关的批准。我觉得挺难的，也就没抱什么希望。老实说，我想见他的动机很模糊，或许是作为同龄人，截然不同的两种人生，让我很好奇；或许因为我也是作家，对于身边发生的故事有一种本能的探知欲。

就在即将离开菇城的前一天晚上，市局警察公共关系办公室陶主任来电话，说柳一沙同意见我，并且得到了检察机关的批准。第二天上午，我在陶主任的陪同下，驱车赶往菇城看守所。

菇城的8月闷热多雨，看守所厚重的铁门，在霏霏细雨中吱吱嘎嘎地打开了。所长和负责监管柳一沙的民警站在大门里侧，他们衣帽已经被雨水打湿了。

在所长的引领下，我穿过一道道关卡。这个过程似乎很漫长，我一边走一边东张西望。以前我也去过不少看守所，采访过不少死刑犯，但每次进出这类场所，依旧感觉有些忐忑。

按照程序，所长向我介绍了柳一沙的情况，以及会见时的注意事项。他说柳一沙的情绪比较稳定，很配合监管民警的工作，这也是看守所同意让我见他的原因。

"柳一沙尤其在乎自己的作家身份,每当监舍来了新人,都会主动凑上去,转弯抹角地向对方介绍自己是作家。他甚至跟监管民警提出要求,希望看守所购买他的书,每个犯人发一本。"所长边说边摇头,"这个要求,我们实在无法满足。"

由此可见,柳一沙多么看重自己的作家身份,其实这也是他一生追求的梦想。

对于执行的期限,柳一沙应该也有个估计。这些日子,每当监管民警喊他的编号,他都一个激灵,以为高法的核准书下来了。所长昨天去监室喊柳一沙的时候,见他神色紧张,赶紧解释不是"那事",柳一沙的表情才松弛下来。其实他也知道自己罪不可恕,曾表示只求速死,省得天天受煎熬,这种煎熬甚至比死还难受。尽管如此,求生是人之本性,只要有一丝生的希望,他也会紧紧抓住,甚至幻想有奇迹发生。

所长告诉他说有位作家在菰城采访,想跟他见一面。至于见不见,由他自己定。在所长的印象里,柳一沙比较抵触见记者——那些记者在报道中都把他说成是"杀人恶魔",因此所长特意强调,这位作家不是来采访的,就是随便聊聊。

所长对我说:"柳一沙担心听错了名字,问了我好几遍,确定就是你,很痛快就答应了。看这样子,你名气很大哦?"

我只好说:"可能我这个姓少见,容易记住。"

"你这姓，我还真是第一次遇到。你见柳一沙，想问他些什么？最好不要问案子的情况，现在已经……"

我明白所长的意思，案子已经盖棺论定了，再问容易引起柳一沙的情绪波动。"真的就是随便聊聊，没什么具体的方向。"

见面安排在所长的办公室。所长解释，根据规定，会见时他必须在场，全程监控。"这个请你理解，我们必须照规矩来。"

这个我当然理解，同时注意到办公室上方的监控探头。所长的办公桌对着门口，他让我坐在办公桌后，自己搬把椅子坐在一旁。我们的正前方摆放了一把讯问犯人的专用椅子，有点儿像饭店给孩子准备的"婴儿座"。

楼道里传来脚镣的声音，清脆而有节奏。不知是脚镣过于沉重，导致他行动缓慢，还是楼道太长，也或者是我的感觉出了问题，总之脚镣声响了半天，柳一沙才出现在门口。

没想到他这么高的个子，接近一米九，进门时需要低下头。他站在门口打量我片刻，继而向我走来，同时伸出戴着手铐的双手。

我明白了，他要跟我握手。

"坐坐，柳一沙，快坐。"我想起所长的叮嘱，赶忙朝他招手，示意他坐在办公桌前的专用椅子上，变相地拒绝了和他握手。

他的表情有点儿尴尬，刚刚伸出的双手又缩回去，手铐上的锁链发出哗啦啦的声响。"衣老师，您跟照片一个样子。"

我知道他是没话找话，而我同样不擅长这种场合的开场白，干脆道明来意："柳一沙，我到菰城采访，听说你在这儿，过来看看你。"

"谢谢衣老师，真没想到你能来看我，我很喜欢你的小说，《阳光漂白的河床》《吹满风的山谷》，还有《电影哦电影》，我都读过。"

他看一眼所长，接着开始背诵《阳光漂白的河床》中的段落。

"谢谢你能记住我的小说。"他竟然能整段落地背诵《阳光漂白的河床》，确实让我吃惊。

"听说您要来，我昨晚都没睡好，激动的……我喜欢的作家不多，但我是真心喜欢您的小说。"

我的目光落在他的眼睛上。他的眼窝深陷，有两个乌紫的大眼圈特别明显，乍一看还以为是一副黑框眼镜。我知道这绝不是因为昨晚没睡好的缘故，而是无数个不眠之夜留下的印记。

我一时无话可说，满脑子寻找话题，突然想起所长说过柳一沙很在意自己的作家身份，于是顺着这个话题聊下去："我听说你也写了不少作品……"

他一下子兴奋起来，谈自己的小说，谈他的创作经历，说他很想写影视剧本。落网之前，有一部电视剧本已经写完五十集了。"我是瞎写，没经验。衣老师的电视剧我看过，特别喜欢。"

他向我请教影视剧本的写作技巧。这个话题太大了，恐怕一时半会儿说不完，而且他实在没必要知道影视剧本的写作技巧了。我只好打断他的话，站起身跟他道别："所长他们都很忙，我就不打搅了。你这里有需要我帮忙的吗？我兜里现金不多，两三千块，都给所长，你想吃什么，就跟所长说。"我又转向所长，"所长您费心，多关照他一下。"

一瞬间，我的心情很复杂，不知道是因为伤感还是哀痛，说话的声音有些颤抖。

所长听出我情绪的变化，忙说："放心吧，衣老师。"

柳一沙突然激动地站起来，弄得锁链"哗啦啦"响。"衣老师，我想请你帮我个忙。"他说完，觉得自己有些冲动了，忙又坐下，把两只手规矩地放在胸前椅子的托板上，像一个很乖的小学生。

我愣了一下，不知道他让我帮什么忙。刚才我只是一句客套话，其实我能帮他什么呢？

"你给我写一本书吧，我一直想写本自传，我的事，可以写一本书。"他停顿了一下，脸上浮出难为情的样子，又说，"我希望衣老师不要把我写成恶魔，我其实不是恶魔，我像做梦一样，我也不知道自己怎么就成了杀人犯，我、我其实很善良、有理想……"

他边说边挥动双手，忘记了自己戴着手铐。

我愣住了。说真话，这个要求太突然了，我都不知道该怎么回答。

他看出了我的犹豫，急切地说："如果你答应，我把我所有的事都告诉你，就现在！"

我不知道这合不合规矩，扭头看看所长，用目光征询他的意见。所长微微点了点头。

就这样，我跟柳一沙聊了两个多小时……我询问他这二十多年的生活经历和情感经历，到最后，我郑重地向他承诺："我答应你，一定写这本书。你还有什么需要我帮忙的？"

他坐在椅子上思索着，看上去很累很累。他说了很多话，尤其是那些痛苦的回忆，似乎耗尽了他的精力，他的头微微垂着，仿佛脖子已经支撑不住。

半晌，他才费劲儿地抬起头："您要是有机会见到我儿子，告诉他，要听他妈妈的话，他妈妈不容易。我曾经跟他说过，一定要上个好大学，现在我不这么想了，什么大学不重要，但一定要选择一个自己喜欢的专业。以后找到工作，要尽量帮助家里，帮助他妈妈……还有，不要仇恨这个社会，我是罪有应得，让他不要像我一样走极端，遇事要冷静……一定要有脑子，有自己的脑子。"

是啊，聪明人未必有自己的脑子。

我答应了他："你放心，我一定专门去你家里，把你的话带给他。我会把我的手机号留给你妻子，有事需要我帮忙，就让她给我打电话。还有，我现在在大学教书，你儿子考大学，我可以提供一些建议。"

"谢谢衣老师。我老家南县很漂亮，你去看看就知道了。"他神色黯然，"只是，我再也不能回去了……"

"还有吗？"

他想了想："我有个短篇小说，适合改编电影，您看……"

可惜，我没记住那篇小说的名字。

已经到了午饭时间，监管民警站在门口，准备把柳一沙带回监室。柳一沙颇有些留恋："衣老师，我真想跟您学写电视剧，原来我只想快点离开这个世界，但跟你聊天后，我突然觉得，原来生活如此美好……"

我的心一揪，无言以对，只是默默地点点头。是啊，生活如此美好，但他已走到尽头了。

他又想跟我握手，犹豫片刻，还是把手缩了回去，转身走向门口，脚镣拖在地板上哗啦啦作响。走了几步，他突然转身朝我走来，边走边伸出戴着手铐的双手。

这一次，我没有拒绝，迎上去，握住了他的双手。

"衣老师，我总觉得应该跟您握握手。"

面对一个将死之人，我的心情有点儿复杂。

我问所长："我可以跟他合影吗？"

所长点点头说:"采访工作照,可以的。"

我的手机不能带进监区,所长让民警给我们拍了一张合影。不过,按照规定,这张合影不能给我,只能留在看守所。

从看守所出来,外面依旧细雨蒙蒙。我从车窗看着宁静的街道,胸口像是被什么东西塞住了,有些憋闷。我决定推迟回北京的时间,留下来采访菰城市副市长、公安局局长姜晔,以及参与破案的民警们,拨开二十多年来的重重迷雾,探寻建国以来菰城第一大案的细枝末节。

半个月的采访结束后,我发现柳一沙在案情的细节上,还是遮遮掩掩没说实话,为自己开脱责任。再说了,如果真像他自己说的那么善良,就不会因为给自己的孩子治病,残忍地杀害了别人的孩子。不过,无论柳一沙怎么粉饰自己,都不影响我还原案件的真相。

我离开菰城一个多月后,柳一沙被执行死刑,时间是2019年10月22日下午。

第一章　往事并不如烟

一

2017年6月初的某个上午，一个注定改变菰城公安历史的上午。

虽然才9点多钟，但江南6月的天气潮湿闷热，让人喘不上气来。菰城市公安局办公大楼前的广场上，六七百名警察全副武装，雄赳赳地排列成几个方阵。广场前方竖着三块高大的牌匾，上面分别写着——侦查破案大会战、基础防控大比拼、信息应用大练兵。广场很宽阔，四周绿树成荫，花团簇簇，很是养眼。六七百名警察全副武装，雄赳赳地排列成几个方队，目视前方。

姜晔从前方的办公楼走出来，直奔主席台。姜晔的身后，还有副局长崔和平和贺国庆，几个人都挺胸抬头，有节奏地走着。这时候，雄赳赳的警察方队响起了"牢记使命，勇于担当"的口号声，震耳欲聋。

姜晔走到主席台，对全体民警敬礼，台下瞬间鸦雀无声。

姜晔个子不高，戴一副金边眼镜，看上去文质彬彬的，其实骨子里是个硬汉，处事果断，敢于亮剑，目光中带有一股"沙场点兵"的威武气势。他时年四十六岁，在菰城市公安局长的位置上干了两年多，算是年轻干部。以他这两年的辉煌战绩，只要不出大的纰漏，回省厅任职副厅长顺理成章。

在民警们看来，这次搞的三"大"行动，其实是姜局长的收尾之作，也可以说是"作秀"，轰轰烈烈地给自己在菰城的任期画上句号。

市局政治部主任田波是现场主持，按照动员大会的流程，田波对这次三"大"行动的重要意义做了阐述，说得很简短，尽量把时间留给姜晔，请他发布动员令。台下的民警们暗暗运气，准备在姜晔发表慷慨激昂的动员令后，高喊"对党忠诚、信念坚定、服务人民、敢打胜仗"的口号。

姜晔把田波给他准备好的讲稿推到一边，看都没看一眼，从自己的公文包里取出一张A4纸。他神色凝重地扫视台下的一个个警察方阵，然后将这张纸展开。

全场肃然，几百双眼睛紧紧盯着姜晔和他手中的A4纸，空气中的潮热变得更加黏稠，大院外面此起彼伏的汽车喇叭声显得更加刺耳。

姜晔说话声音不高，语速也不快，似乎每一个字都是从牙缝里挤出来的。"同志们，我手中的这张纸上，是菰城市公安局多年未破的四十六起命案积案，涉及五十二条人命，很多命案尘封了二十多年。这里面就包括建国以来菰城市发生的最大命案，也是我省第二大悬案——'沈记旅馆杀人案'。这四十六起未破的命案积案，是我们菰城警察欠菰城人民的一笔债，现在到了还债的时候啦！我们这次要借助三'大'行动，破积案、破命案，给菰城人民一个交代！"

已经挤到嗓子眼的口号没喊出来，台下的民警们有点儿蒙圈。原本以为是一次轻松的"作秀"，突然间变成了沉重的"还债"，不用问，今年的假期没了，而且三"大"行动必定让他们脱一层皮。大家搞不明白，眼看任期要结束了，姜局长为什么成心给自己找事？

田波也蒙了，脑子里冒出四个字：姜局疯了！

两位副局长崔和平和贺国庆，目视前方，神色严峻，看似在专心开会，可田波猜得到，他俩心里肯定也跟自己一样在翻江倒海。

田波心思缜密，过目不忘，只要他扫过一眼的东西，基本就印在脑海里了。他盯着姜局长手里的这张A4纸，觉得特别眼熟。猛然间，他想起两年前的某一天，他帮姜晔到办公室拿钥匙，在办公桌的抽屉里曾见过这张纸。当时他没往深处想，如今看来，重启命案积案侦破不是姜晔一时心血来潮。

他着实替姜晔捏了一把汗。这些积案如果能破，前几任局长早就解决了，哪轮得到你来抢功？尤其是菰城市第一大命案"沈记旅馆杀人案",一案四命,二十多年间先后多次重启,都铩羽而归,是很多老刑侦心中永远的遗憾,是菰城民警谁都不想触碰的伤疤,更是见不得人的"家丑"。重启命案积案的侦破,姜晔等于把自己逼到悬崖边上,稍有不慎就可能跌落深渊,在菰城这两年多的打拼,也就打水漂了。

二

动员大会结束后,田波跟姜晔回到办公室,忍不住说:"姜局,为什么要去碰这些案子?这都是烫手的山芋啊!"

姜晔的职务是菰城市副市长兼公安局长,按照政府部门的习惯叫法,田波应该称呼他"姜市长",但姜晔不喜欢这种叫法,说自己的主要职务是公安局长,于是下属都称呼他"姜局"。姜晔说:"会上我不是讲明白了吗?到该还债的时候了。"

"这又不是您欠下的债,哪有新官还旧债的?"田波因为心里焦急,说出的话既冲动又不合规矩。刚说完,他就意识到出格了,脸色微微发红。

姜晔没想到田波会这样说,他愣怔片刻:"你是警察吗?这种话你都能说出口来!老百姓可不管是谁欠下的债,老百姓只认你身上的警服,在他们眼里,这些案子一天不破,菰城警察就是无能,一代代菰城警察就要背负骂名!"

田波心虚地避开姜晔的目光,可他还是不甘心,于是磕磕巴巴地说:"道理我都明白,可您在菰城已经功成名就,马上要离开菰城了,我担心……"

姜晔不假思索地打断田波的话:"功成名就?功在哪里?名在哪里?这么多命案积案没破,敢说有功?我憋了两年多了,现在终于可以腾出手来,跟这些恶魔一决高下,无论他们躲在哪里,我都要……"

正说着,办公室的门被敲响了。进来的是崔和平和贺国庆两位副局长,大概他们在门口听到了姜晔的话,两人都是一副欲言又止的样子。

"老崔,老贺,坐下说话。"崔和平和贺国庆都是局里的老人,不在正式场合,姜晔平时都是这么称呼他们。

两人对视一眼,崔和平说:"姜局,我们想跟你交流一下想法。过去那些命案积案,确实很棘手,好几起案件我都参与了侦破,尤其是'沈记旅馆杀人案',几次重启侦破,最终都偃旗息鼓了,你有把握破案吗?"

"怎么?你们是不赞同重启侦破?"姜晔反问。

屋子里出现了短暂的寂静。贺国庆轻轻叹了口气:"姜局,不瞒您说,我做梦都想把这个案子破了。李昂局长临终前,反复叮嘱我们几个专案组成员,别忘了这个案子,否则他死不瞑目……只是我担心,如果这次还是破不了案,可能会影响你今后的发展。"

起风了,窗外香樟树的叶子摇得哗哗响。姜晔推开窗户,深深吸了口气。他家乡的老宅后就有一棵香樟树,陪伴着姜晔一年年长大,香樟树的叶子散发的幽香,是姜晔最喜欢的味道。数不清的夜晚,他就这样一个人站在办公室的窗前,看着窗外的香樟树,想着这个城市的万家团圆,想着那些尘封多年的命案积案……

姜晔转过身:"你们还记得我刚来的时候,到桐树镇检查工作,群众怎么说我们的?"

三个人都愣怔了一下,一时无语。

姜晔到菰城市上任后,曾拿出一个月的时间到各地熟悉情况。桐树镇在菰城的最北边,风景优美,民风剽悍。去之前,姜晔特意了解过当地的情况,可还是被当地人来了个下马威。

桐树镇有全国有名的童装批发城,各地来采购的人熙熙攘攘,狭窄的街道堵塞严重,街道两边到处是商铺乱搭乱建的棚子。姜晔忍不住皱起眉头,这些棚子不仅影响交通,而且存在很大的安全隐患,一旦发生火灾事故,很容易就会火烧连营。

在菰城,公安局长也算是个人物了。姜晔在当地派出所长的引领下沿街走访调查,许多路人都凑上来围观。看到姜晔一副文质彬彬的样子,他们不免有些失望。这么个白面书生能当公安局长？看来上面又在糊弄菰城老百姓了。

姜晔在一处违建前停下脚步，提醒商铺老板，说这样乱搭乱建存在安全隐患，希望老板把这些棚子尽快拆除。不料，商铺里冒出一位老爷子，根本不买公安局长的账："放着大事不抓，专管这些鸡毛蒜皮的小事。我看谁来当局长都一样，都是软脚蟹、窝囊蛋，整天跟老百姓耍横，有本事，把'沈记旅馆杀人案'破了！快二十年了，警察连根鸡毛都没抓住，有什么可牛的！"

老爷子话音刚落，周边就有人跟着起哄。派出所长脸上挂不住了，新上任的局长第一次下来检查工作，被自己辖区的群众当众羞辱，他这个所长当得太没水平了。所长当场就要发作，被姜晔用眼神制止。

一行人继续往前走，姜晔神色淡定，仿佛什么都没发生，其实他心里特别难受。在省厅工作多年，他自然清楚菰城"沈记旅馆杀人案"。老爷子骂得有理，这么多年过去了，菰城警方没给百姓一个满意的说法。

从桐树镇回到市局，姜晔当即把刑侦支队挂账的命案积案梳理了一遍，制作了一张表格，把没有侦破的命案积案按照时间顺序罗列下来，打印在一张A4纸上，放在办公桌的抽屉里，只要拉开抽屉，就能看到它。

这张A4纸就这样在他心里生了根，一天天顽强生长着。他恨不得立即重启命案积案的侦破工作，然而由于各种因素，菰城的社会治安状况很不乐观，旧案未破，新案又来，经常是摁下葫芦起来瓢，公安疲于应付。

姜晔到任后，像个老中医似的，很快摸清了菰城的病根所在，确定了工作的主要方向。"基础不牢，地动山摇。"他从公安工作的基础抓起，在基层社会治安综合治理上投入了大量的人财物，大胆推进警务改革，打造出了社会治安综合治理的"菰城模式"。不到三年时间，菰城的社会治安风清气正，刑事案件发案率大幅度下降。

姜晔觉得，重启"沈记旅馆杀人案"侦破工作的时机到了。

经过仔细酝酿，姜晔提出了"侦查破案大会战、基础防控大比拼、信息应用大练兵"，借助三"大"行动，拉开了破积案、破命案的序幕。

不过，究竟能不能侦破那些尘封多年的命案积案，尤其是"沈记旅馆杀人案"，姜晔确实没有十分把握。他跟崔和平和贺国庆坦诚地说："'命案必破'并不是说当天就破，也不是明天或者明年必破，哪怕在我任期内不能破，至少也要将侦破进程向前推进一步。这个信心我有。现在我们公安机关的科技力量，是二十年前不能比的，很多过去挂账的案子，现在不是都破了吗？我就不信……"

姜晔的话被座机铃声打断了。来电话的是省公安厅退休的老领导："听说你要重启'沈记旅馆杀人案'的侦破？"

好家伙，消息这么快就传到老领导那里了？姜晔捂住话筒，转头看了看屋子里的其他三位。那三位也是面面相觑。

姜晔试探着说："老领导，这么快您就听说了？我正想跟您汇报一下……"

"汇报什么？你是觉得在任期间没出事，心里痒痒是吧？还剩下一年半载的，你折腾什么？搞大比武大会战，你就好好搞，扯上那些命案积案干什么？显你能耐，显你本事大？"

老领导挺激动，连珠炮一般的训斥，让姜晔不知道该怎么回答，但也不能一直不说话，他斟酌着措辞："感谢老领导的关心，您的话，我会认真考虑的。"

"是要认真考虑，这么大的事情，不要冲动。给你三天时间，三天后给我汇报想法！"不等姜晔再说什么，老领导就挂断了电话。

姜晔拿着话筒掂了掂，似乎在掂量老领导话的分量，半晌无语。

老领导声音洪亮，在场的三个人都听见了。他们不知道该说什么，只能朝姜晔笑，笑得很拘谨。

"没有什么事了吧？"姜晔看了三人一眼，"没事你们就回去吧。"

田波冲崔和平和贺国庆递个眼神，三人一起退出了办公室。

刚出门，田波就舒了口气，小声说："上面都过问了，姜局不会重启侦破那些命案了吧?"

崔和平和贺国庆同时叹了口气,好像觉得他的话很幼稚,拍了拍他的肩膀走了。

三

窗外是白花花的阳光,姜晔额头上冒出了一层细碎的汗珠,这才想起进屋后一直没开空调。他打开空调,又用电热壶煮上一壶水。

已经到午饭时间了,楼道里传来杂沓的脚步声,还有民警们说笑的声音,不知是谁哼哼着时下流行的歌:"时间都去哪儿了?还没好好感受年轻就老了……"

姜晔似乎受了感染,喃喃自语:"时间都去哪儿了……"

水开了,水壶发出"嘀嘀"的鸣叫。姜晔从沉思中醒来,泡了一杯茶,坐在办公桌前。田波轻轻敲门,喊他去吃午饭。姜晔没一点儿胃口:"你去吃吧,我一会儿出门,有点儿事要办。"

田波信以为真,去食堂的路上给司机打了个电话,叮嘱司机原地待命。司机在车上等了一个小时,实在等急了,打电话给田波:"姜局什么时候出门啊?"

田波这才意识到是自己犯糊涂了,姜局没事,就是没心情吃饭。他赶紧拿了几包泡面和两罐饮料去慰问司机。

姜晔依旧坐在办公桌后,眼睛看着天花板。他现在想的不是要不要重启那些命案积案,而是如何回复老领导。老领导退休后,从不对他的工作指手画脚,这次也是真着急了,担心他破不了案,下不了台。他不能驳老领导的面子。

想了半天,姜晔也没想出妙招来,干脆不去想了,闭上眼睛,想眯瞪个午觉。迷糊了十几分钟,又被敲门声惊醒。睁开眼瞅了瞅手表,刚好到下午上班的时间。

他忙坐直身子,对着门口喊:"进来。"

来人是市公安局刑侦支队政委、痕迹专家冯柏林和刑侦一大队教导员顾泽。姜晔招呼他们坐下,可两人站在姜晔的办公桌前,齐刷刷地摇了摇头。

冯柏林比姜晔年长十岁,在刑侦支队负责刑事技术,是菰城市公安局最权威的痕迹专家。他跟姜晔很多地方相像,比如说话慢条斯理,作风务实严谨,做事一丝不苟。顾泽比姜晔小一岁,是个直脾气。沈记旅馆案发时,他入警才两个多月,就因为这个案子,他从繁华分局调到了市局刑侦支队。二十多年过去了,他从小民警变成了老民警,这个案子却一直悬着。

姜晔猜到了他们的来意:"看你们两个心事重重的,怎么啦?"

冯柏林语气焦灼:"姜局,我和顾泽是来请战的,如果重启'沈记旅馆杀人案'的侦破，我们要进专案组！"

姜晔心里一震，嘴上却只是"哦"了一声。

顾泽跟着说："为了李局，我们也要进专案组，这口气我憋了十几年了，快憋死我了。"

"李局临终的时候还不忘嘱咐我们，一定想办法破了这个案子……"冯柏林说着，眼圈红了。

顾泽接过话头："李局长说，这个案子破不了，他死不瞑目！"

"李局长临死都没闭上眼睛，说这是菰城刑侦的耻辱，是他最大的遗憾！"冯柏林停顿了一下，又说，"最应该耻辱的是我，我一直信誓旦旦说这个案子不复杂，因为我在现场提取的物证很完善，可就是怪了，折腾了这么多年也没破案，我就觉得邪乎了，难道是我现场勘查出了问题？"

……

姜晔到菰城上任之初，冯柏林就提议重启"沈记旅馆杀人案"的侦破。当时姜晔说自己刚来，要先熟悉一下情况。过了半年，冯柏林旧事重提。姜晔的回复是，他会认真考虑。大概冯柏林认为姜晔是在推托，从那之后，不管在什么场合照面，除非有工作要汇报，他总是躲着姜晔走，绝不多说一句话。到局里开会的时候，跟姜晔碰面，优雅地笑笑，算是打了招呼，快速侧身而过。

此刻，姜晔的内心也是波澜起伏。他们说的李局长叫李昂，姜晔认识，他曾是菰城市局分管刑侦的副局长，才五十岁就在岗位上因病去世了。

姜晔看着他们两人激动的表情，内心也波澜起伏，菰城四十六起未破的命、积案，让多少老刑侦心有不甘、死不瞑目，让多少家庭妻离子散、期待正义的审判！

姜晔问冯柏林和顾泽："当年参加案件侦破的笔记保存得怎样？"

冯柏林和顾泽赶紧说："完整无损，可以随时调取，请姜局放心！"

面对情绪激动的冯柏林和顾泽，姜晔只说了四个字，说得很慢："等我通知。"

冯柏林庄重地举手敬礼。平时一向沉稳的他，在离开姜晔办公室的时候，几次都没拉开门把手——他的手颤抖得太厉害了。

四

老领导要求姜晔认真考虑三天再给他回复。姜晔在市委连着开了两天会，没腾出脑子思考这件事。第三天下午，老家一位亲戚给他打电话，说来菰城办点儿事，住在南湖宾馆，想见他一面。姜晔八十多岁的老父亲住在乡下，多亏这位亲戚照顾，好不容易到菰城来一趟，他理应热情招待。

下班后，他换了便装，没通知田波和司机，在路边拦了一辆出租车，上车后戴上了墨镜。

"去南湖宾馆。"

"去住宿？"

"哦。"

姜晔不是本地人，说话听口音就能听出来。司机问："来出差还是来旅游？"

出租车司机多数都是话篓子，喜欢跟乘客聊天。姜晔很少有机会坐出租车，遇到爱聊天的司机，也有了聊天的兴致。

"旅游的。师傅，你们这里哪儿好玩？"

"好玩的地方多着呢。"

"安全吗？小偷多不多？"

"小偷？你要在我们这儿抓个小偷，那可就中大奖了。"

"那……当地人欺客吗？"

"怎么欺客？我们这儿谁要打架，一伸手警察就罚你五千，打架成本太高了。"

"你们这儿的警察这么狠？"

"不狠行吗？地里不长庄稼就长草，警察不狠坏人就狠。"

姜晔感觉心里被什么东西撞击了一下。这个出租车司机的话很有哲理啊。

正说着,姜晔发现前方路口站着一名交警,心里一动说:"慢点,看前面路口有交警。别让他们看不顺眼,找个理由就逮住了罚款。"

出租车司机很惊讶地说:"怎么会呢?我们这儿交警讲规矩,就算你真违章了,也是先教育,不过他们的教育很扎人,让你恨不得主动交双倍的罚款。"

"我觉得哪儿的警察都一样,吹胡子瞪眼的,从来没个好脸色。"

遇到红灯,司机停下车,从后视镜中打量姜晔。姜晔担心他认出自己,毕竟他经常在电视新闻里露面,于是侧过头,假装看窗外的风景。不知何时,天空已经乌云密布,有隆隆的雷声传来,行人都慌慌张张地赶路。

司机接着前面的话题说:"我们菰城警察跟老百姓关系很好,公安局长每周五在网上办公,你可以跟局长随便聊。"

姜晔到菰城上任后,在网上开通了一个"局长热线",每周五上午在网上回答群众的问题。开始挺热闹的,最近一年淡了。"局长热线"门庭冷落,也意味着老百姓没什么问题要跟局长反映,有些人甚至只是打个招呼,扯几句闲篇。

姜晔听到出租车司机赞美自己的话,嘴角禁不住露出微笑。这是菰城群众对公安机关的一种认可。

快到南湖宾馆的时候,密集的雨点已经落了下来。宾馆门前车辆落客的地方有一个宽敞的顶棚,被避雨的行人挤满了。出租车司机抱歉地说:"过不去了,你就在路边下吧。"

姜晔下了出租车,快走几步,跑到宾馆门口的避雨处。外面已经暴雨如注,蜂拥而来的行人,把门前挤得水泄不通,自行车、电动车、三轮车……乱糟糟地交错在一起。到后来实在拥挤不下来,姜晔被人流裹挟着从一扇玻璃门进入宾馆大堂。

宾馆大堂有四扇大玻璃门,平时只开一扇,遇到重大活动,才会将四扇大门全部打开。这时候,姜晔看到大堂经理和几位前台服务员,从对面快速跑过来。他的第一反应是他们要阻止行人进入,没想到,他们却麻利地将其他三扇玻璃大门全部打开,招呼行人有序入内,甚至宠物狗都放行了。穿雨衣的、打雨伞的男女老少都拥挤在大堂里,洁净的地面上转眼就满是泥水。

姜晔惊讶地看着这一幕,愣怔一会儿才朝前面大堂经理走去,说道:"这样都进来,把宾馆搞得脏兮兮的,太乱腾了吧?"

大堂经理没认出戴墨镜的姜晔,以为他是住宾馆的客人,歉意地说:"遇到这种天气,请您多多包涵。我们会尽快收拾好大厅的。"

姜晔说道:"你们……这么关照他们啊。"

经理笑笑没有说什么,只是朝电梯的方向,伸手给姜晔做了个"请"的姿势。

姜晔胡乱地点点头，忙转身走开了。

姜晔突然意识到生活在这个城市是多么幸福。不去当那个副厅长又能怎么样？在这里干到退休又有什么不好？

他想起刚才出租车司机的话："地里不长庄稼就长草，警察不狠坏人就狠。"这话说得太对了。科长、局长、厅长，不过是个标签，自己真正的身份就是一名警察，自从入职的那一天起，打击违法犯罪、保护人民群众，就已经融入了自己的血脉。

姜晔走到大堂的角落里给田波打电话，让他通知副局长贺国庆和崔和平，还有刑侦支队政委冯柏林、刑侦一大队教导员顾泽等有关人员，今晚到市局开会，他要听取"沈记旅馆杀人案"的情况汇报。

接着，他又拨通了老领导的号码。他要告诉老领导，经过再三考虑，他还是决定重启命案积案的侦破。不抓老鼠的猫，肯定不是好猫。这个道理老领导一定明白，也一定会支持自己的。

第二章 挥之不去的噩梦

一

姜晔在南湖宾馆跟老领导通话的时候，柳一沙正在伏案编辑育才中学新一期的校报。

夏日天长，傍晚7点多了，楼顶还残留着夕阳的余晖。空气中的潮热渐渐退去，清凉的风从远处山谷吹来，带着若有若无的百花香气，这是一天里最美最惬意的时光。

柳一沙走出育才中学，在附近的小饭摊随便对付了一顿晚饭，去了自己开办的作文补习班。他不是育才中学的在编教师，两年前被学校聘来任校刊主编。虽然不要求坐班，但他每天都去学校，学校给了他一间办公室，兼作校刊编辑部，有事就处理事，没事他就坐在电脑前写作。

当校刊主编收入不高，不过好歹也有几千块钱，至少能保证他衣食不愁，还可以利用这个平台招收作文补习班的学生。他的作文补习班已经开办十多年了，分小学、初中、高中班，周二、周四晚上是小学班，周末是初中班和高中班。

今天是周四，柳一沙给小学班的孩子们讲的题目是"作文事件的陌生性"。他先读了几篇写"我的父亲"的人物作文，其中的事件都是司空见惯的。柳一沙告诉孩子们，要写好父亲这个人物，选取的事件一定要具有陌生性。如果你父亲是个农民，你选取的事件最好跟种地没关系，比如写他如何造飞机，如何进城做了回城里人，这些都会打动读者，读起来让人有新鲜感。

柳一沙这样说的时候，忽然想起了自己的父亲。在他的记忆中，父亲从未年轻过，不管刮风下雨，每天都是一成不变地扛起锄头下地。即使如此辛劳，家里还是拿不出多余的钱粮。幼时的柳一沙为了得到父亲的关注，打碎了家里唯一的水缸。看着一地的碎片和横流的水，父亲扛着锄头站在大门口，半晌没有一句话，掩盖在皱纹下的脸看不出喜怒哀乐，让柳一沙压抑了很久。

后面的事柳一沙忘记了。长大后他问过母亲，那次父亲打自己了吗？母亲叹了口气："都穷成那样了，哪有力气打孩子……"

贫穷对于一个家庭的腐蚀是巨大的，柳一沙长大后，骨子里泯灭不了的永远是对金钱深切的渴望和内心深处的自卑。

课堂上，柳一沙列举了几个写父亲的例子，选取的都是

"出人意料"的事件。有个调皮的孩子突然问了一句:"老师,我写我爸爸杀人行吗?"

一句话惹得大家哄堂大笑。柳一沙没笑,眯起眼睛盯着那个孩子,腮边的肌肉下意识地抽搐着。他感觉这是对他的冒犯。自从那件事发生后,柳一沙变得特别迷信,任何与"杀人"二字沾边的事情,他都认为是冥冥中对自己的提醒,抑或威胁。

柳一沙的嘴唇翕动了几下,终于吐出两个字:"混蛋!"

教室里霎时安静下来,孩子们紧张地盯着一向和气的柳老师,大气不敢出。以前上作文课,柳老师总是鼓励大家天马行空地想象,鼓励大家提很奇葩的问题,比这种玩笑过分多了,他都没生过气,没想到,这次居然发这么大的火。

眼前的孩子们一片噤若寒蝉,柳一沙猛地醒过神来,他尽量用平静的语气说:"让你们写陌生的事件,不是胡说八道。"

尽管努力掩饰,可接下来的课,他还是讲不下去了,挥之不去的梦魇再一次攫住了他。他知道,这个晚上又毁了。

柳一沙是个很会克制自己情绪的人,但他今天没控制好,这个口无遮拦的孩子无意中戳到了他的痛处。

其实这些年来,柳一沙自我感觉,他的心已经逐渐放下了。比如,看到警车不躲藏了,陌生人看自己一眼不心惊肉跳了,晚上被人追杀的噩梦也做得少了,最重要的是,心中那只"鬼"好久没有出来了……换了以往，一个调皮孩子的玩笑话，不至于让他如此失态，可现在不一样了……

到了9点钟，他从学校回家，在沙发上呆坐了一会儿，突然觉得这个晚上很漫长，索性关了灯，去朋友的麻将馆打发时间了。

他的这种变化，还要从甘肃的"白银案"说起。

去年8月末的一天上午，柳一沙像往常一样来到育才中学的办公室，打开电脑准备继续写电视剧本《合欢树下》。这是根据他的同名长篇小说改编的。他认识的几位作家当编剧挣了大钱，很让他羡慕，他也尝试着剧本创作，折腾了几次，一直没什么响动。他的长篇小说《合欢树下》并没有影视公司看好，他想改编成剧本四处兜售一下，万一被哪家影视公司看中，少说也能卖个百八十万。

柳一沙每天做着这样的美梦，夜以继日地写，五十集电视剧本已经接近尾声了。可今天刚打开电脑，屏幕右下角突然弹出一条新闻——"白银连环杀人案告破，潜逃二十八年的凶手落网"。

柳一沙的心脏剧烈跳动起来。点开新闻一看，原来"白银案"的转折点，是凶手高某的一个远房亲戚因违法犯罪被采集血样，甘肃警方通过家族基因查到了城河村的高氏家族，然后顺藤摸瓜抓获了高某。

窗外学生琅琅的读书声，街道上往来穿梭的汽车鸣笛声,马路对面小吃摊的吆喝声……所有声音突然消失了,整个世界瞬间就安静下来,陷入死一般的寂静。他清晰地感觉到血管里的血液在沸腾、在奔流。这让他耳目失聪,再也没有比这更让他绝望的新闻了。

他在网上搜索"白银案"破获的前前后后,大致弄明白了通过家族基因追踪凶手的原理,越明白,越绝望。即使他隐藏得再深,只要柳姓家族有人犯案,被警方采集到血样,自己的生命密码随时都会被解锁。

"完了,藏来藏去,现在无处躲藏了……"看完那些网页,他全身的力气都消失了,变成了一具没有生命的皮囊,瘫坐在椅子上,一动不动地发呆。下课铃声响了,柳一沙才如梦初醒,他狠狠捶了自己的大腿一下,钻心的疼痛让他感觉自己还活着。他用两手撑住桌子,尝试着站起身,在办公室狭窄的空间内烦躁地走动了几分钟,站住,深吸一口气,用力呼出,并随之"啊"地叫了一声,声音低沉而短促。这一声憋着气的喊叫,似乎打通了神经六脉,顿时浑身冒汗,感觉轻松了许多。

夜里,柳一沙回到住处,一个人躺在床上,那股阴寒的气息又一次笼罩了过来,侵入到他的梦中。在梦里,他无处可逃。他强烈地希望自己能变成空气,变成透明,穿越那些恐惧,到达平静的彼岸。可跟现实一样,梦里面他没有希望,没有可逃之处,他只能跟恐惧对峙,直到从一层层的梦中醒来，如同死过一回。

这么多年来，他已经把那个夜晚深埋在记忆的尘埃里，可"白银案"逼迫他重新梳理那晚的一切细节，回忆他是否在作案现场留下了可以采集的痕迹，哪怕是一根头发、一滴汗水。

毫无疑问，这种回忆是没有结果的，只能增加他的恐惧和焦躁。所谓的遗忘，其实不堪一击，一片树叶的掉落，都能把假象打碎，让他的心灵回归最初的逃亡状态。

他在漫漫长夜中挣扎、沉沦，跟着心中的"鬼"行走在地狱的边缘。他想逃离那个现场，可又力不从心。

"不是我杀的！"他再次惊醒时，汗水已经把床单浸透了。他哆嗦着打开床对面的书柜，里面供着一尊慈眉善目的观世音菩萨。

柳一沙匍匐在地，像个虔诚的信徒，不停地跪拜磕头，一遍遍向神像表白，自己没有杀人，自己是个好人，不关他的事，都是他的同伙王佳亮干的。他想让自己的内心强行接受，一切都是幻觉，他没杀过人。这种做法，无异于掩耳盗铃。

这几年，他的生活已趋于平稳，命运似乎冲他露出了笑脸，有时他甚至忘掉了自己是个杀人犯。而"白银案"的告破让他明白过来，该还的总归要还，该承受的折磨一样也少不了。

一夜无眠，柳一沙不知道这样的日子什么时候是个尽头。

二

从那个逃亡的夜晚开始，他就不停地问自己："我真的杀过人？我为什么要杀人呢？"

他从来不认为自己是坏人。事实上，在周围人的印象中，他就是一个老实人，妻子王淑兰甚至认为他老实得有点儿窝囊。

柳一沙出生在南县农村，上初中的时候就有个作家梦，希望自己的文字变成铅字印成书，让全天下的人都能读到，跟他共鸣。为了实现这个宏伟的理想，他读了很多书，投了很多稿件出去。做这些的时候，他的功课却落下了。没人告诉他现实是怎样的，闭塞的村庄让他看不到世界的真正模样，最终高考落榜，他才尝到了现实的铁腥味道。

上世纪八十年代初，他的农民身份注定他只能回到村子里面扛起锄头，跟黄土地打交道。尽管如此，柳一沙也没有放弃自己的文学梦，他跟几位文学爱好者创办了文学刊物《清江》。清江穿南县而过，滋养了柳一沙的文学才情，在他的作品中，经常有描写清江的文字。

他笔下的清江，与其说是一条江，不如说是他的文学生命。只要它还在流淌，他的理想就不会破灭。

柳一沙希望通过写作改变自己的命运。他经常在路边大排档跟几位文友饮酒畅谈，点评时下热门的作品，把那些看不顺眼的作家狂喷一通，恨不得立即取而代之。他们用梦幻涂抹未来五彩缤纷的蓝图，然而很快，他们就面临着窘迫的现实。

办刊物需要资金，也需要时间，仅仅空有一腔热情是没用的。刊物办了一年多，还是散伙了。不只柳一沙，所有人都要吃饭，饿着肚子谈文学，文学也显得垂头丧气。

柳一沙近一米九的身高，却很单薄，受不了农田里的苦累，也不甘心让雄心壮志消散，于是动起了小心思，想在村子里开一个照相馆。那个年月，一般人家很少有照相机，他居住的村子离县城远，交通也不方便，村子里的人想拍张照片，费时又费力。同时，改革开放的气息在农村也能渐渐感受到了，农村年轻人的眼界也渐渐开阔了，也需要浪漫了，他们在乡间小路、花前月下留影，在小河沟旁哼唱："小时候，妈妈对我讲，大海就是我故乡……"

他就是瞅准了这一点。他要做这个时代先锋，用一台相机改变自己与黄土为伍的命运。

买一台照相机至少需要四五百块钱，他知道父母肯定不会支持他。他把目光转向了山林。当时农村刚实行承包责任制，土地都分到了农民手里，集体的山林没人过问。柳一沙瞅见了漏洞，他偷偷上山伐树，不管树木年轮疏密，只要有人需要，他就按需采伐。就这样，他专挑好木材，发了一笔小财，用这笔钱买了一台照相机，开了个十几平方米的小照相馆。

其实，大多数时间他并不在照相馆里，而是背着照相机四处晃荡。起初，的确有几个赶时髦的青年请他去溪边或者向日葵旁拍照，也有上了岁数的村民去照相馆拍纪念照，虽然生意不算兴隆，勉强也能温饱。然而没过几年，他的照相馆维持不下去了。本来农村照相的人就少，加上率先富起来的农户也能买得起照相机了，而且有了交通工具，可以去县城了，柳一沙这位"摄影师"就被冷落在一边。

经营照相馆这几年，柳一沙也没有忘记看书写作，创作了一批自以为不错的诗歌、散文和小说，可投给几家文学刊物后，都如石沉大海。有一次他跟几个文友喝酒聊天，沮丧地说："以后不写中篇小说了，邮资涨了，稿纸又贵。过去十多万字的长篇小说，只要四五分钱，前几天我寄出去不到三万字的中篇小说，就花了一块两毛四。小说写得再好，没有认识的编辑，谁来关注你？"

一位文友随口说："咱们这儿不是也有一位出名的作家吗，可惜只知道他住在省城，联系不上，否则，也能请他给推荐一下。"

柳一沙心里一动，他早就听说过这位老乡作家，如果能得到他的引荐，就太幸运了。他是个有心人，经多方打听，终于得到了老乡作家的住址。

　　初秋的一天下午,一个衣着寒酸的年轻人,骑着同样寒酸的破旧自行车,带着自己两部中篇小说和一部长篇小说,在林间山路上颠簸。他要去县城坐汽车,然后去省城,拜访那位老乡作家。这个年轻人就是柳一沙。虽然他跟那位作家素昧平生,可毕竟是老乡,人家多少要给点儿面子。

　　这是他第一次到省城,从长途车上下来,茫然四顾,分辨不清东西南北。穿行在繁华的大街小巷,他自己也不知道走了多少弯路,打听了多少次,最后终于找到了省城二里街文园,那里集中居住着全省的文坛大佬。

　　多年以后,柳一沙经常想起他初到省城的情景,想起那个骑着破旧自行车穿行在陌生街巷里的年轻人,想起那个揣着写在废纸上的小说的年轻人……尤其是那个噩梦般的夜晚以后,再想起这段金光闪闪的日子,恍如隔世。那个为文学痴狂的年轻人是自己吗?文学不是教人向善的吗?不是人世间的良心吗?怎么到了他这里,却变成了虚伪的存在?

　　老乡作家住在一幢红砖楼房的一层,门前有个种着花花草草的小院子。风尘仆仆的柳一沙忐忑不安地敲开了门。老乡作家面容和蔼,穿白色短袖衫,听眼前这个电线杆似的小伙子讲明来意,热情地把他让进屋,给他泡茶,给他端水果。柳一沙心里踏实了。

　　柳一沙早期的作品展示的是农村底层小人物的艰辛与奋

斗,还有他们内心的煎熬与挣扎,现实感强。这些都是他自己生活的写照。老乡作家粗粗浏览了一下柳一沙的几篇作品,看到那些描写南县风土人情的文字,顿生乡愁,说柳一沙的小说具有乡土气息,真诚而朴实。"好几篇,我一下子看不完。这样吧,你把稿子留下来,我会认真看的,看后跟你联系。"

柳一沙离开的时候,老乡作家特意送了他几本稿纸。那时候,对于一个初学写作者来说,方格稿纸是很好的礼物,尤其是印有"省作家协会"字样的稿纸,更显珍贵。

一个多月后,柳一沙收到了老乡作家一封很长的来信:"看到你的作品,大致也可推测出你的处境和思想情感。实事求是地说,我对你在那种艰苦条件下写作,是很同情又很赞赏的。从作品看,你是个有才气的年轻人,将来经过努力,很可能成为一个有作为的青年作家……我觉得你最大的优点是有艺术感觉,这从你某些作品的片段篇章中可以发现,而艺术感觉对一个作家来说,太重要了……有的人发表作品尽管不少,但不具备这种艺术感觉,因而最终还是无所成。"

这封信给了柳一沙莫大的鼓励,他有空就拿出来看看,有时候一天能看十几遍。此后,他写作更加勤奋,遇到困惑就给老乡作家写信,每次都能收到老乡作家的回复,而且回信热情洋溢。有高人指点,柳一沙的水平提高很快,陆续在当地的小报刊和内部刊物上发表了一些"豆腐块"。

一年后，南县成立文联，专门邀请老乡作家去指导工作。老乡作家在文联成立大会上没有见到柳一沙，特意问了文化馆的领导，希望他们好好培养这棵文学苗子。这可不是一般的待遇，让一向自卑的柳一沙觉得很有面子。

第二年，鲁迅文学院首届文学创作研修班开班，在老乡作家的推荐下，柳一沙前往鲁院进修。去鲁院之前，他特意去拜访了老乡作家。这次再去，他已经不是原先那个羞怯的乡下青年，变得自信了。

"我真是遇见贵人了。"柳一沙不止一次对朋友们说。内心深处，他对这位老乡作家既感激又尊敬，很想写出点儿名堂来，回报自己的恩人。在鲁院上学的这一年，柳一沙珍惜每一分钟的时光，北京的著名景点都没去看过，别人出去玩，他在房间里写作；别人喝酒碰杯，他在房间里写作。如果说除了写作以外他还做了什么，那就是跟当时的一流作家合影了。这些合影是他的荣耀，他需要这样的激励。

柳一沙没有工作单位，在鲁院读书的学费是亲友帮着凑的。毕业时，他已身无分文，只能求老家的朋友寄来五十块钱，买了返乡的车票。

按照他的想法，自己在文学最高学府深造，回到南县那个小地方，应该能在文联或文化馆谋个职位，哪怕是临时工，至少可以解决吃穿问题。结果，又被现实打脸，文联和文化馆都没有他的位置。

一天晚上，柳一沙和几个朋友在清江边一家小餐馆吃饭，多喝了几杯，忍不住宣泄心中的不满："总有一天，我要出人头地，让那些看不起我的人瞪大眼珠子！"

那天晚上他喝醉了，不能骑自行车回村子，又没钱住宾馆，就在清江边孤独地走着，走累了，在一个台阶上坐下来，身子歪倒睡着了。后来他被身边的说话声惊醒，睁开眼睛发现天已经亮了，几个老头在江边活动身体。想起昨晚的醉酒，他有些懊恼，连忙整理衣服，赶回家去写作。

三

尽管柳一沙只发表过一些豆腐块文章，但在农村绝对算是文化人，而且他长得又高又帅，上门给他说亲的人不少，但都被他拒绝了。

柳一沙的父亲是个老实人，贫困让他过早地衰老了，如果不是十万火急，他几乎不说话。他一生的最大心愿，就是给柳一沙娶上媳妇。他不喜欢柳一沙看书写作，认为那是在瞎胡闹。他希望柳一沙能下田劳动，跟村里的男人们一样，娶妻生子，传宗接代，安心过眼下的日子。只要看到柳一沙在屋里爬格子，他就在窗外一声声叹气，弄得柳一沙心烦意乱。

眼看着他年龄越来越大，同龄人都抱上娃了，而他还是整天闷在家里，父母以为这孩子魔怔了。问他想娶个什么样的女孩儿，他不吭声，觉得父母不会懂他。其实他不是不想找，只是他有他的标准，那就是有共同语言。他和什么样的人有共同语言呢？大概是文学女青年吧。

本村女孩儿米娜就是个文学女青年。米娜是他的初中同学，喜欢读他写的文章，他每写一篇，米娜就是第一个读者。柳一沙喜欢听米娜解读自己的小说，有些解读，连他自己都没想到。柳一沙在心里把她视作未来的妻子，他以为这种状态是一辈子的，从没想到有一天两人会分开。可柳一沙的家底子太薄了，薄到米娜的父母根本不用正眼瞧他，怎么会同意女儿嫁到这么贫穷的家里去？

而米娜就是个普通的乡村女孩儿，哪有什么力量去对抗世俗？最终，米娜嫁到了很远的地方。她出嫁那天，漫天大雪把村子变成了童话世界。人踩在雪地里，就像踩在棉花堆上，绵软得想躺下。柳一沙坐在院子里那把破木椅上一动不动，任凭自己变成了一个雪人。母亲的哀求，父亲的怒骂，他都听而不闻。他觉得只有这样，才能冻结记忆，不再痛苦。

敲锣打鼓声逐渐消失在远方，他忽然开口对父亲说："你说得对，写写画画顶个屁用，都不能留住个媳妇。"

父亲大喜，以为柳一沙开窍了，以后会老老实实跟他下地除草，上山砍柴。但柳一沙的下一句话差点儿把他气个半死。柳一沙接着说："我偏要用写写画画出人头地，这辈子我就认这一项了！"

柳一沙的话音调不高，却震碎了一地雪花。父亲恨恨地说："娶不上媳妇活该！谁家姑娘嫁给你，那是遭天谴了。"

话虽如此，柳一沙的忧郁气质对白纸一样的乡村姑娘们还是很有吸引力的。这天柳一沙在田里铲埂皮，休息的时候坐在地头读一本诗集，母亲从村里匆匆赶来，说二婶来家里说媒。邻村有个叫王淑兰的姑娘，拒绝了许多人的提亲，放出话来说，就想嫁给柳一沙。

"这个姑娘不错，能干活儿。"母亲说。

柳一沙有些心烦："她看中我什么了？"

是啊，到如今这也是一个谜。美丽单纯的王淑兰到底看上了柳一沙什么？性情孤傲的柳一沙在农村是个另类，也许就是这一点吸引了王淑兰吧。

母亲也说不出姑娘到底看出自己儿子有啥优点，只是翻来覆去说："她能干活儿能吃苦，这样的你不要，你还想要啥？"

见柳一沙不为所动，母亲竟蹲在地头哭起来。在柳一沙心目中，母亲是个坚强的人，日子那么困难，她也从来没落过泪，只会跟父亲一起默默干活儿。今天因为自己的婚事，母亲不顾体面，哭成这个样子，柳一沙知道自己不能再这么任性了。"行了行了，我去见她就是了，又不是上刀山下火海，跟谁过不是一辈子！"

回村的路上，母亲依旧边走边抽泣。望着她衰老而疲惫的背影，柳一沙知道，米娜将永远成为过去。他的生命中将迎来一个陌生姑娘，姑娘的名字叫王淑兰，他们会结婚生子，搭伙过日子。但这一切与爱情无关，他的爱情早已冻结在那把被大雪掩埋的破木椅上了。

柳一沙跟王淑兰见过一次面，父母就开始筹备婚礼。家里没钱，就跟亲友借，把房子收拾了一下，给王淑兰家里送了彩礼，总算订了婚期。

订下婚期，母亲曾担心地问柳一沙，是不是真心看中了王淑兰。柳一沙寡淡地说："跟谁结婚都那样，没什么真心不真心。"

柳一沙觉得自己和王淑兰的婚姻更像一个牌位，摆放在村人的面前，以期他们不再对柳家、对他另眼相看。当然，这个牌位也能让父母安心。

柳一沙的婚礼跟其他农村人一样，没有什么特别的。婚礼那天，柳一沙只求赶紧熬过去，他好继续写小说、看书。可越是这样想，越是横生枝节，在喜宴上，新娘的弟弟被柳一沙村的人打了。

新娘出嫁，娘家弟弟陪送，俗称"送客的"，是很重要的客人。王淑兰的弟弟和几位来送客的亲友，为了一点儿小

43

事跟村里人发生了争执,最后发展到动手,被村里几个年轻人围殴。大喜的日子,就算送客的亲友有错在先,不懂规矩,也要给主家面子。把送客的打了,不等于打了主家的脸吗?在农村,这是大忌。

柳家的亲友不乐意,要去找打人者讨说法,却被柳一沙拦住了。"算了算了,我今天结婚,别跟他们生那个闲气,没意思。"

柳一沙的态度让新娘王淑兰愣住了,看着人高马大的,怎么这么窝囊?大喜的日子被人欺负了,就算你脾气好,也要出面说句话吧?心里虽然不快,王淑兰还是忍住了,没有表现出来,依旧强装笑脸招呼客人。

客人们都散去,屋子里就他们俩人了,她问柳一沙:"你怕惹事?"

柳一沙摇摇头,没回话,看他的样子不想继续这个话题。王淑兰是个性情绵软的女人,尤其是她觉得柳一沙是个文化人而一直心怀崇拜,不敢多问下去。

本来新婚之夜,夫妻应该说一些软绵绵的情话,柳一沙似乎不解风情,给王淑兰讲了大半夜他的人生理想。"男人嘛,就要挣钱养活老婆孩子。我现在没钱,但我会挣到钱的,让你过上好日子。"

柳一沙通过写作改变命运的心一直不死,给王淑兰画了一个看得见摸不着的大饼。王淑兰跟大多数农村女孩儿一样，不虚荣不慕强，只想安安稳稳过日子。她说自己没有太大奢望，只要生活顺心，有吃有穿就行了。柳一沙对妻子有些失望，怎么能没有理想抱负呢？"一个人的出身可以卑微，但不能自卑，要有鸿鹄之志。你信不信，我肯定会写出名气，有名就有钱，就有一切。"

王淑兰已经很疲倦了，为了满足柳一沙的虚荣心，也为了早点儿休息，于是说："你别成了大作家，把我踢了。"

柳一沙听得出来王淑兰话里的敷衍，她内心并不相信自己能成为大作家。他不可避免地又想起了米娜。

现实就是这样一次次抽柳一沙的耳光，而柳一沙只能一次次忍气吞声地接受。"总有一天，我要连本带利收回来！"这是他一直存在心里的话。

婚后第二年，女儿降生了。本来是一件大喜事，他却高兴不起来，因为女儿生下来眼睛就有毛病。夫妻俩带着女儿去上海一家大医院检查，诊断结论为"先天性小睑裂综合征"，眼睛最大只能睁到1厘米长、0.2厘米宽，是少见的胎疾，医生建议等孩子三五岁时再进行眼部整容治疗。

王淑兰一时接受不了这个结果。她哭着跟柳一沙一遍遍求证："能治好吗？能治好吗？"

柳一沙强忍内心的焦虑，宽慰她说："又不是心肝肺有毛病，怕什么？大不了以后做个整容手术。"

尽管兜里没几个钱，但来一次上海不容易，他要带女儿去动物园。王淑兰怕花钱,说反正以后还要来上海治病,下次再说吧。可柳一沙说什么也要带孩子去:"少吃两顿饭,也要让女儿见见世面,你不去,我带她去。"

王淑兰留在了小旅馆里。柳一沙带着女儿去了动物园,看女儿兴奋的样子,心里很不是滋味。他当然知道王淑兰不是不想一起来,只是为了省一个人的门票。他在心里发狠,以后一定要挣大钱,让女儿看看外面的世界。

成了丈夫和父亲,柳一沙身上的责任重了。他要挣钱养这个家,要挣钱让老婆孩子过上书中写的那种好日子。

柳一沙婚后不久,母亲去世了,女儿出生后,父亲又病逝了。当初为了给他办婚事,家里欠下了不少债,父亲走后,这笔钱要他来还。可他那点儿稿费,还不够塞牙缝的。他只好跟其他朋友借钱,拆了东墙补西墙,越借越多,到后来朋友们都躲着他走。

女儿出生的第二年,柳一沙的生活中又发生了一件大事,他的短篇小说《江边的少年》在一本省级大型文学刊物上发表了。小说主人公是一个乡下少年,为考不上大学而烦恼,暗恋隔壁"染了金色头发,穿着皮夹克和牛仔裤"的女孩儿。小说是虚构的,柳一沙家隔壁并没有"染了金色头发"的女孩儿,但村里却有他喜欢过的米娜,文中那份对前途的焦虑与无奈,也是他自己生活的真实写照。

这本文学刊物,在全国也有影响,柳一沙是当时南县作家中第一个在这本刊物上发表作品的。收到样刊的那天晚上,柳一沙对王淑兰说:"我现在是省级作家了。"

王淑兰只有苦笑。写作投稿这些事她不懂,她只知道下力气干活能挣来钱,地里打粮食也能挣来钱。

柳一沙也没奢望王淑兰能懂这些,等娘儿俩睡着后,他一个人坐在台灯下,把《江边的少年》重新读了一遍。印成铅字的作品,完全不是写在稿纸上的感受,能让人感到文字的庄严和神圣,作者也跟着变得高大起来。对于一个业余作者来说,这是一份巨大的成功,这份成功给他的生活带来了希望。

自然,文学圈内的朋友对柳一沙也另眼相看了。柳一沙很想借此东风,再上一个台阶。然而毕竟是小圈子,除了几个文友在意你,别人不会把你当盘菜,哪怕是在王淑兰眼里,柳一沙还是原来的柳一沙。写作可以成名,可以挣钱,但眼下的柳一沙还不具备这种能力。

过了半年,生活又回到了原处,仍旧是柴米油盐酱醋茶,并没因为《江边的少年》的发表有所改变。除了更加拼命地写作,柳一沙依旧没有别的路可走。

这天深夜,王淑兰醒来,发现楼上灯光还亮着,又上去催他睡觉。这不是王淑兰第一回深夜催他,每次催他,他从不回话,也不理睬她。多数情况下,看他不吭声,她就走了。可这次王淑兰没完没了:"省点儿力气吧,不要作家当不成，还把身体搞垮了。"

此时，柳一沙刚刚完成一个短篇小说，正兴奋着，想找个人谈谈，消化一下激情，于是就让王淑兰坐在身边，给她讲小说内容。他说得很激动，王淑兰却听得寡味，连连打哈欠，不等他讲完，王淑兰实在忍不住了："困死了，我先下楼睡觉去了。"

王淑兰踢踢踏踏下楼了，柳一沙坐在那里发呆。妻子不懂文学，也就不懂他此时的这份心境。如果米娜在身边就好了。自从她结婚后，他们就再没见过面，也不知道她现在过得好不好。很多个夜晚，临睡前他都期待能梦到米娜，可惜，一次也没有。

四

柳一沙每天埋头写作，很少打理农活儿，地里的事，全靠妻子一个人泥里水里折腾。尽管她拼命下苦力，也就是勉强过活，每年连土地税都交不上，没办法，只能跟朋友借。

说到借钱，有一个人物就该出场了。他叫王佳亮，比柳一沙年长十一岁，跟柳一沙一个村，曾经是生产队记工分的会计。小时候，柳一沙喜欢读书，但家里穷，父母怕耗费灯油，吃饭都是黑着灯。因为点灯看课外书，柳一沙经常挨父母的责骂。王佳亮知道后，就让柳一沙去他家看书。王佳亮自己也喜欢看书，平时说话跟一般农民不一样，经常蹦出一些新鲜词汇。柳一沙结婚后，不喜欢下农田，怕父母和妻子唠叨，经常躲在王佳亮家写作。很多人都嘲笑柳一沙不务正业，只有王佳亮坚定地支持他。

王佳亮离婚后，跟岳父岳母家断了联系，儿子既没有舅舅又没有姨了，就让儿子认柳一沙做舅舅。这样一来，两人的关系更密切了。

王佳亮脑子比较灵活，很早就到外面打工挣钱，经济条件比较好。柳一沙找他借钱，王佳亮每次都不会拒绝。不仅因为柳一沙是自己儿子的"舅舅"，更主要的是他觉得柳一沙有才华，早晚有一天会飞黄腾达。然而，今天借钱交土地税，明天借钱给孩子买药，借的次数多了，拖欠的时间久了，王佳亮也难免有意见。

柳一沙女儿三岁时，又去医院做了一次检查，医生说可以做手术了，费用大约五千块。对于柳一沙来说，这是一笔巨款，他只能再次去找王佳亮。

王佳亮的弟弟在上海做生意，他去上海跟着弟弟打工，两三个月才回老家一次，柳一沙找他也不容易。这天，柳一沙得知王佳亮回来了，赶忙上门求助。这一次，王佳亮直白地表露出不耐烦的情绪："你这样借来借去，什么时候是个头儿？"

柳一沙脸一红，遮遮掩掩地拿出了发表他的小说《江边的少年》的文学刊物给王佳亮看，王佳亮的态度才缓和下来。他翻阅了文学刊物，声称他没看错，柳一沙将来肯定会成为大作家。

"不过，五千块钱不是小数目，我也没有呀。"王佳亮想了想，忽然压低声音，"桐树镇那边有钱的老板很多，我们可以去敲一杠子，至少弄个三五万。"

王佳亮在桐树镇打了两年工，见过太多有钱的老板。桐树镇被誉为"中国童装城"，每年有五六亿件童装从这里发往全国各地，是私营经济的热土，很多人揣着梦想到那里淘金。王佳亮告诉柳一沙，买家跟店家交易时，都是用成捆的现金，逮住机会，一次就够了。

"怎么能去抢呢！"柳一沙心里哆嗦了一下，慌忙摇头。

一路慌慌张张回到家，柳一沙的心还是跳得嗵嗵响，脑子里像泼了糨糊一样乱作一团，眼前时而出现成捆的现金，耳边时而响起警笛的鸣叫。吃饭时，王淑兰看出他不对劲，问他怎么了。他敷衍说："没借到钱，心里不舒服。"

女儿还不懂得大人的烦恼，吃得正香，脸上身上粘了好多米粒。看到爸爸妈妈都瞅自己，她咧开嘴笑起来。柳一沙再也控制不住自己了，他把碗一推，站起来就往外走。人家的女儿能漂漂亮亮地活，漂漂亮亮地过日子，为什么我柳一沙的女儿就不配有这些！

王淑兰没有问他去哪里,他也没吭声,闷头去了王佳亮家。站在王佳亮家门口,他犹豫了一下,想起女儿天真的笑脸,他咬着牙推门进去了。

王佳亮也在吃饭,示意柳一沙自己找凳子坐。"我就知道你会回来。还是那句话,去那里搞个三五万不成问题,女儿治眼睛的钱不就有了吗?我是在帮你。"

王佳亮说得胸有成竹,柳一沙心里逐渐安稳下来。别说三五万了,那怕有一万,什么问题都解决了。他眼前又浮现出成捆的现金。从小到大,他就没亲眼见过成捆的现金,这个诱惑对他是致命的。更重要的是,女儿也能过上好日子了!

柳一沙仿佛被迷住了魂魄,以至于后面王佳亮说什么他听什么。

王佳亮觉得两个人力量不够,跟柳一沙说:"你再喊个人一起去。"

这种事可不能让外人知道。柳一沙想起自己一个远亲表弟,就把他喊上了。柳一沙和表弟连路费都没有,表弟只好卖了一袋粮食,才有了车票钱。

三个人结伴去了桐树镇,满大街寻找"猎物"。魔堡公主街、蓝色维尼街……这些街道两侧的门店都展示着五颜六色的童装,他们像走进了童话世界,看得眼花缭乱。然而,他们在繁华的街道上转悠了半天,也没遇见拿着成捆现金交易的老板,实际情况并不像王佳亮说得那么夸张。

街面上没有机会，他们就去比较大的童装批发店撞运气，可还是一无所获。时间拖得越长，柳一沙的表弟越是紧张，第二天下午就提出要回家。这种事，只要有一个人退出，行动就必须终止，三人只好返回南县。

一分钱没捞回来，还赔进了路费，柳一沙心里很恼火，女儿治病的钱没着落，恰巧又赶上交公粮，上哪儿找钱？想找王佳亮商量，可王佳亮已经到上海打工去了，柳一沙只能给他打电话诉苦。

"你来上海吧。"王佳亮说。

柳一沙以为王佳亮拉他去上海打工，然而去了上海才知道，王佳亮想和他再去一次桐树镇。"再搞一次，碰碰运气。"王佳亮的眼睛里闪烁着狂热的光芒，仿佛那些钱正在向他们招手。

柳一沙郑重点头："你说搞，就搞！"

五

1995年11月27日下午，柳一沙和王佳亮乘坐长途车到达桐树镇，住进了沈记旅馆。这家旅馆一楼是餐厅，二楼和三楼是客房，客房并不多，总共也就六七间。他们之所以选择小旅店，当然是图便宜，更重要的原因，是不需要身份证。

在前台登记的时候，服务员丁筱问他们是哪里人，王佳亮抢先说："我们是衢州的。"

听口音，这两个人明明不是衢州的呀。丁筱诧异地打量他们，刚想开口问，王佳亮不耐烦地说："还有饭吗？我们还没吃午饭呢。"

丁筱也就不多问了，赶紧把菜单递过去。小旅馆的住宿费很便宜，主要靠饭菜挣点儿钱。

王佳亮点了一盘辣子鸡块和一盘凉菜，要了一瓶柳一沙最喜欢的古井贡酒，去了二楼203房间。丁筱瞅着他们上楼的背影，寻思他们怎么可能是衢州的，咋听着像宣城的呢？

203房间有三张床，其中两张床正对门口竖放着，当中有一张小书桌。另一张床放在门后靠墙边的位置上，单独有一个床头柜。一位姓毛的桐庐商人本来要的是这个靠墙边的床位，沈老板告诉他，三楼几个房间的客人都是桐庐人，不如跟楼上一位山东客人交换房间，上去跟同乡住。姓毛的商人每次到桐树镇都住沈记旅馆，跟沈老板熟了，听沈老板这么说，自然乐意。而那位山东客人则搬到了203房间门后靠墙边的床位。

这看似不经意的交换，就像奈何桥的两头，把他们两人的命运划分出了生与死。

半小时后，饭菜做好了，丁筱端到203房间，顺带着给他们拿了两个杯子，都是茶杯，一个是玻璃的，一个是白瓷的。丁筱放杯子的时候，特意留心了一下他们的口音，没错，就是自己老家的味儿。

王佳亮跟柳一沙喝酒的时候，瞅了同屋的山东客人一眼，客气地说："兄弟，一起来呗。"

山东客人长得很壮实，一米八几的个头儿。"谢谢二位好意，我吃过了，你们喝。"

不过，都在一个房间，即便不一起喝酒，聊上几句也是很自然的。王佳亮拐弯抹角打听到山东客人给桐树镇一家童装厂供原料，这次是来收货款的。他和柳一沙对视一眼。真是踏破铁鞋无觅处，山东人身上肯定有钱。

等山东客人出门后，王佳亮把酒杯往床头柜上一蹾："省力气了，不用到处找机会了，就干他！"

柳一沙也兴奋起来，拿起酒瓶给两个杯子倒满："成败在此一举，干了！"

这样说的时候，柳一沙仿佛看到女儿的眼睛治好了，变漂亮了，王淑兰也不再唠叨自己无能了。他和王佳亮边喝酒边策划行动方案，不知不觉就把一瓶酒喝完了。

当晚相安无事。第二天上午，王佳亮和柳一沙去街上找顺手的家伙。两人转悠了半天，王佳亮在一家小五金店买了一把铁榔头。柳一沙忍不住说："弄把刀子比画一下，就把钱诈出来了，买这家伙干啥用？"

"你懂什么？干这种事，枪不如刀，刀不如斧，斧不如锤。"

柳一沙恍然。在王佳亮面前,他有时觉得自己就是小学生,什么都不懂。按照昨晚的计划,他们准备趁山东客人睡熟时将他捆绑起来,嘴里塞上毛巾,逼他交出钱财。毛巾是王佳亮带来的,尼龙绳是就地取材,从破渔网上拽下来的。

的确,柳一沙起初并没想杀人,但事态的发展又是他无法掌控的。从他下决心和王佳亮合伙作案的那一刻,结局似乎已经注定。

在街上晃悠到下午两三点钟,柳一沙和王佳亮回到了沈记旅馆。推门进屋,看到房间内有两个警察。柳一沙吓了一跳,心想还没动手,怎么就招来警察了?他看了看王佳亮,王佳亮却像没事人一样跟警察打招呼,殷勤地递上香烟,警察拒绝了。不过,他们同时也了解到,原来警察是来抓赌的。上午,三楼几个桐庐商人打纸牌赌博被人举报了,派出所民警来处理,203房间客人都不在,就临时用来讯问了。

一个警察问话,另一个警察做笔录,其间,沈老板和老板娘也进屋来打探情况。王佳亮坐在床边旁观,偶尔还跟警察聊几句。再次递上香烟,这回警察没拒绝,同时也拿出自己的香烟请他抽,屋子里一时烟雾缭绕。

柳一沙就不那么淡定了,面对警察,他老是感觉心慌,在床上半躺半靠假寐。警察做完笔录离去时,已经下午四五点钟了。王佳亮看了柳一沙一眼,知道他没睡着,可还是问了句："睡着了？"

柳一沙睁了一下眼睛，又闭上了，没有接话。距离动手的时间越近，他越不安。

傍晚时分，山东客人回来了，大概走了不少路，看起来很疲惫，进屋就一头倒在床上。王佳亮给柳一沙使了个眼色，柳一沙就跟他聊起了天，问他是山东哪里人。在鲁迅文学院的时候，有位女同学跟山东客人是一个地方的，讲过一些家乡的风土人情，柳一沙随口一说，山东客人立刻对他另眼相看，甚至把自己老家的地址和电话都告诉了他，请他有机会去玩。

山东客人的豪爽和真诚，让柳一沙挺感动，觉得不应该对他下手。趁着山东客人去卫生间的空当儿，他悄悄对王佳亮说："算了，换个人吧。"

王佳亮狠狠地瞪了他一眼，没有回答。柳一沙跟山东客人聊到11点多，山东客人实在困了，又去了一趟厕所，回来关灯上床休息。

黑暗中，柳一沙和王佳亮都睁着眼耗时间，等待山东客人进入梦乡。半小时后，山东客人打起了呼噜。柳一沙半坐起身看王佳亮，王佳亮摆摆手，指了指楼上，意思是时机不到，楼上还有说话走动的声音。柳一沙又躺下了。

两个人本是躺在床上装睡，柳一沙竟然真的睡过去了。不知过了多久，他被王佳亮推醒。懵懂中，看到昏暗中王佳亮手握铁榔头，满脸杀气，他一时搞不清自己身在何处。直到王佳亮轻手轻脚走到山东客人的床头，抡起榔头毫不犹豫地砸向对方头部，他才猛然清醒过来！他们在搞钱，他要给女儿治眼睛！他要带给她好日子，城里孩子过的那种日子！

　　王佳亮手中的榔头砸在山东客人头上，一下，又一下。山东客人沉闷地哼一声，身体猛烈地抽搐起来。柳一沙只觉得全身的血液都冲到了脑袋里，两个太阳穴突突地跳。紧接着，王佳亮把榔头递到他手里，他慌张得不知该如何是好。王佳亮在他耳边厉声说："莫迟疑，搞钱要紧！"

　　"钱"这个字现在变成了榔头，从柳一沙的耳朵锤进了心里，让他变得铁石心肠。他一咬牙，抡起榔头，目光中满是因恐惧而生出的愤恨。看到山东客人彻底不动了，这种愤恨转化为了兴奋——掌控他人生命的兴奋，还有对近在咫尺的成捆钞票的兴奋。

　　很多年过去了，柳一沙经常想起这一幕，想起王佳亮在他耳边说的"莫迟疑，搞钱要紧"。他觉得这句话就是"蛊"，瞬间激发出了他内心深处因贫穷而生出的"恶"，这"恶"让他变成了魔鬼，张开獠牙，瞬间吞噬了一条活生生的性命。

　　柳一沙扔下手中的榔头，跟王佳亮一起疯狂地翻找山东客人的衣服和手提包。这一刻，他们忘掉了法律，甚至忘掉了恐惧，脑海里只剩下对金钱的贪婪。可这个血腥的晚上注定一无所获，他们只从山东客人的衣服里找到十五块钱。

判断失误。看着惨烈的现场，两人面面相觑。山东客人已经去厂家取款了，怎么才这点儿钱？既然手上已经沾了血，就拿着这十五块钱逃走也太亏了。王佳亮掏出事先准备好的尼龙绳丢给柳一沙，快速出门。柳一沙心领神会，在门后躲了起来。

他们房间的斜对面就是沈老板住的房间，王佳亮过去敲响了房门。"老板，我们走了，结账。"

柳一沙双手扯紧了墨绿色的尼龙绳，专注地倾听外面的动静。他俨然变成了一名真正的杀手，正在捕捉分秒的时刻，为的是让对手一招毙命。

沈老板屋内传来响动，片刻，门开了，沈老板晃着肥胖的身子走了出来。楼道里光线昏暗，王佳亮示意沈老板到他住的房间结账。

睡眼蒙眬的沈老板走在王佳亮前面，刚刚进入203房间，柳一沙两手扯着绳子扑了上去。沈老板意识到不对头，转身要跑，被王佳亮断了退路。柳一沙用尼龙绳勒住沈老板的脖子，把他摁倒在床上。这本是设计好对付山东客人的办法，却用在沈老板身上了。

沈老板看到山东客人的尸体，顿时魂飞魄散："别……别动手，有事好好商量……"

王佳亮一声低喝："别出声，出声弄死你！钱放在哪儿？"

沈老板浑身哆嗦："我儿子每天晚上来旅馆取现金，旅馆里真的没钱……"

　　话音未落，王佳亮就把毛巾塞进他嘴里，用拳头疯狂击打他的头部。可不管怎么殴打，沈老板就是说没钱。王佳亮打累了，坐在床上喘粗气。看着只有出气没有进气的沈老板，悔恨和慌乱涌上了柳一沙的心头，钱没拿到，事情却越搞越大了。

　　听着沈老板若有若无的呻吟，两人都意识到没退路了。事已至此，他俩的行动已经不受大脑控制，像失控的列车冲向深渊。王佳亮扯住沈老板脖子上的尼龙绳，冲柳一沙努努嘴，柳一沙忙拽住尼龙绳的另一端，两人同时用力，直到沈老板彻底不动了，他们才松开手。

　　沈老板手腕上的表、手指上的金戒指，都被王佳亮撸了下来。但这点儿收获远远不能让他们满足。"一不做二不休！"王佳亮丢下这句话，抓起铁榔头冲出门去。柳一沙愣了一下，紧随其后。

　　沈老板的屋子亮起了灯光，老板娘大概听到了动静，想起身去看一眼，刚坐起来，王佳亮就拎着榔头冲进来了。她还没来得及喊出声，被王佳亮一榔头敲死在床上。王佳亮随手把榔头递给柳一沙，腾出手翻箱倒柜寻找钱财。

　　就在这时候，老板娘的被窝里忽然探出一个脑袋。神经紧绷的柳一沙想都没想，上去就是一榔头，速度之快，连他自己都吓了一跳。待他看清倒在老板娘身上的居然是个十一二岁的男孩儿，顿时目瞪口呆。榔头敲在男孩儿的头上，就像敲在一个柚子上。从此，这种感觉一直纠缠着他……

柳一沙和王佳亮翻找了半天，只找到一百块钱，算上从山东客人身上搜出的十五块钱，他们杀了四个人，总共得到一百一十五块钱、一枚金戒指和一块手表。

王佳亮气喘吁吁地掏出一支烟递给柳一沙，柳一沙没接，他有点儿走神了。钱呢？钱在哪里？做下这么大的事，竟然没搞到钱，难道女儿的眼睛没救了吗？为了平复情绪，他抓起桌上一个苹果使劲儿啃了几口。

啃着苹果，柳一沙突然发现有一团巨大的黑影朝他脑袋撞过来，一瞬间，他的身子僵硬在原地，动弹不得。他觉得自己遇见鬼了，慌乱地把半拉苹果随手一抛，对王佳亮说："快走吧，快走！"

王佳亮叹了口气，也只能这样了，夜长梦多，再折腾下去，恐怕真走不了了。

趁着夜色，他们从旅馆后门仓皇离去……

第三章　打开尘封的记忆

一

夜色渐浓，有凉风从湖边吹来，散步的市民陆续走出家门，去往广场或花园。菰城在五颜六色的灯光装扮下，像一座童话之城。

菰城市公安局作战指挥中心的会议室内，聚集了二十几位老刑侦，副局长崔和平和贺国庆，刑侦支队政委冯柏林和一大队教导员顾泽，还有刑侦支队刑事科研所所长乔青……二十二年前，他们都参与过"沈记旅馆杀人案"的侦破。

现场的气氛严肃紧张，田波从外面推门进来，把笔记本悄悄放在姜晔面前的桌上，安静地坐在了他身边的椅子上。

灯光暗下来，投影机打开，痕迹专家冯柏林开始讲解当年的案情。他的心情很激动，声音有些颤。为了这个案子，他遭受了很多指责和埋怨，但他的信念始终没有动摇。这些年，有些人刻意回避这个案子，不愿意揭开伤疤，而无数个春夏秋冬的夜晚，他却把自己关在书房里，反复推敲案件侦破的细节，试图弄明白问题出在哪里。盼了一年又一年，终于又等到案件侦破重启这一天了。

随着冯柏林的讲述，二十二年前那些尘封的往事，一幕幕浮现在大家眼前。

那是个周三的早晨，沈老板孙子的同学在旅馆外喊他上学。每天早晨，只要他在楼下扯着嗓子喊几声，沈老板的孙子就会迅速跑下楼，跟他结伴上学，可今天他喊了好半天，一直不见人影。

正在一楼前台擦桌椅的丁筱也觉得奇怪，一般情况下，每天早晨她起床之前，沈老板和老板娘早就开始忙碌了，继而是他们的孙子蹦蹦嗒嗒下楼跟小伙伴一起上学。今天怎么了，这一家子都睡死了？

丁筱狐疑地上楼敲门，没有动静，索性推开门往里一看，随即失声尖叫："杀人啦——"

旅馆的客人听到喊叫，都跑了过来，在门口看到屋内的景象，几个胆大的人试探着进屋，瞅了瞅满脸血迹的老板娘。有人提醒："别进屋，保护现场，打电话报警！"

"报警……快报警。"

旅馆客人纷纷喊叫。

最先到达现场的是桐树镇派出所的值班民警。桐树镇属于繁华分局管辖，时任繁华分局副局长贺国庆、分局刑侦大队探长崔和平、刚入职的刑警顾泽等人接踵而来。查看现场后，立即检查旅馆所有房间，控制所有客人和工作人员。这一查，更让他们震惊，在203房间里又发现了两具尸体。

大约二十几分钟，菰城市局分管刑侦的副局长李昂，带领痕迹专家、菰城刑侦支队副支队长冯柏林和刑侦技术员乔青等人赶到现场。看到冯柏林来了，熟悉他的民警朝他投去信任的眼神，似乎在说，老冯，看你的啦。

现场勘查分工严密，有人负责审问旅馆有关人员录取口供，有人查询死者身份，有人拍照留存资料，有人现场提取物证……他们按照各自的分工，紧张地忙碌起来。

现场民警最初的工作，就是要尽快给这起命案定性。一下子死了四个人，是激情犯罪还是有预谋的？是报复还是抢劫？被害人是什么时间死亡的？作案工具是什么？现场都有哪些物证？

勘查现场的核心人物，无疑就是痕迹专家冯柏林，只有等到他的工作完成后，才能有一个初步定论。冯柏林不仅是菰城最权威的痕迹专家，在全国公安刑侦专家中，也是排得上号的人物。案发现场极度血腥，一般人都会因这种惨状引起心理波动，但冯柏林一脸平静，他的注意力都在现场取证上。

现场的信息量是无穷的，你以为看到了百分之百，其实可能遗漏了百分之九十。现场哪些物品被动过，哪些东西可能是凶手留下来的，稍有遗漏或判断失误，就可能导致整个案件侦查的方向性错误。

根据203房间山东客人的姿势，他死亡时应处于睡眠状态，因是侧卧，头部侧面被钝器砸得血肉模糊，死亡时间初步判断在凌晨一两点钟。死者的身体没有挪动过，衣裤丢在地板上，显然被翻找过。

拍照取证后，冯柏林试着将山东客人翻过身子检查，发现他的短裤里缝了八千块钱。好多人出门都习惯把钱缝在短裤里。柳一沙和王佳亮折腾了半天，愣是没发现山东客人的短裤里藏着这么多钱。

另一张床上，沈老板嘴里塞着一块白毛巾，一根尼龙绳死死地勒在脖子上，头部也被钝器击打过。冯柏林微微皱起眉头，他为什么会死在这个房间？

两个床位之间的床头柜上，放着一个玻璃杯和一个白色陶瓷杯，冯柏林在每个杯子上都提取了一套指纹，呈四指并拢的形状，很可能就是凌晨离去的两位旅客留下的。万幸，这两套指纹都非常清晰。

桌子上有一个香烟盒格外醒目，金灿灿的包装上印着品牌"盛唐"。冯柏林还是第一次见到这种品牌的香烟，显然不是一个大众牌子。房间的地上留着不少烟头，冯柏林都收集起来，数了数，共二十六个。昨天203房间里来了很多人，当地派出所民警、沈老板和老板娘、桐庐商人和203房间的客人，他们都抽烟。

那时菰城市公安局还没有DNA实验室，无法提取烟头上的生物信息。而抽烟时手指拢住烟蒂的力量很轻，也很难从烟蒂上提取指纹。不过，冯柏林还是小心翼翼地把这些烟头保管了起来。

恰是这些烟头，在二十多年后成为破案的关键。

沈老板的房间更是惨不忍睹，老板娘靠在床头，脑袋歪着，小男孩儿侧卧在被子上，两人均被凶手用钝器杀害。地上有吃过的半个苹果，屋内所有的抽屉都被打开了，大衣柜也开着门，里面的衣服都被扔在地上，其中一件衣服上落了半截烟灰。

冯柏林仔细检查后得出结论，烟灰是凶手在现场留下的。这么说，凶手杀人后，在房间里抽了一支烟？难道地上的半个苹果也是凶手吃的？这就有点儿匪夷所思了。

进入现场的人很多，地上的脚印杂乱，不易甄别，冯柏林好不容易在一件衣服上发现了两个非常清晰的鞋印。这件衣服就扔在大衣柜旁边，后来进屋的人应该不会踩到，很可能是凶手留下的。两枚鞋印，一个是穿着解放鞋的，这种鞋很常见，但另一个鞋印很特殊，花纹呈六角菱形。

对于痕迹检验来说，越是特殊的鞋印，价值越大。

二

凶手夺走四条人命,手段之凶残,全国罕见。李昂神色严峻,菰城出了这么大的命案,自己是有责任的,他向上级汇报案情后,就守在沈记旅馆督阵。他身体不好,抽烟却很凶,一个劲儿咳嗽,有人劝他回去休息,他一边咳嗽一边摆手。

案发后,203房间的两个客人没结账就离开了,有重大犯罪嫌疑。民警分头询问旅馆的客人和服务员。那位毛姓桐庐商人得知山东客人被杀,惊出一身冷汗,如果不是沈老板给他调换了客房,死的就是他了。他见过203房间的两个客人,详细描述了两人的模样,一人四十出头,一米六五左右,体型稍胖;另一个三十多岁,身高超过一米八,眼睛细长,戴着鸭舌帽。他的描述与昨天下午在203房间查赌的派出所民警所说基本相符。

最重要的证人是旅馆服务员丁筱。凌晨时分,她迷迷糊糊听到有人在楼道喊沈老板结账,她是女孩子,深更半夜出来不方便,就没起床。提及两人的口音,丁筱肯定地说:"他俩不是衢州人,说话跟我老家很像。"

"你老家哪儿的?"顾泽问。

"安徽宣城。"

乔青追问："你能肯定？"

丁筱点点头："肯定。他们说的就是我老家话，吃饭时还要了一瓶古井贡，这酒也是安徽的。"

冯柏林和民警们将所有信息搜集完毕，开始现场重建，推演凶手作案过程，好从中寻找侦破点。他们一直工作到深夜。

第二天上午，菰城市委市政府及公安局领导听取案情汇报，李昂始终神色严峻，眉头紧锁。刑侦支队的民警都知道，李昂的心理压力太大了。

去年菰城发生了一起大案，一家商场的金店夜里被洗劫一空，一名值班人员被杀，被盗珠宝、黄金价值近百万元，案情至今还不明朗。

案发商场的后门有一个备用发电机房，平时无人看守。发电机房后面是一条很隐蔽的小路，通往外面的街道。凶手钻进发电机房，从那里进入商场，杀害值班保安，撬开金店大门。凶手如此熟悉作案现场，警方推断其应是本地人。但即便是本地人，也很少有人知道这条通道，有民警怀疑是内部作案，或者内外勾结。

凶手具有一定的反侦查经验，冯柏林在现场没有提取到可疑指纹。专案组民警忙活了几个月，案件侦查依旧没有进展。就在李昂心急火燎的时候，沈记旅馆一案四命，更是火上浇油。

其实，就在"沈记旅馆杀人案"发生后的一周，邻近的一座城市也发生了一起珠宝抢劫案，两名值班保安人员被枪杀，黄金专柜被抢走价值一百六十多万元的首饰。这起案件与菰城发生的案件作案手法相似，事后也证明凶手是同一个人。可惜，当时菰城警方的注意力都在"沈记旅馆杀人案"上，并没有将两起珠宝抢劫案联系在一起。

由于一夜未合眼，李昂眼圈青紫，咳嗽也更厉害了。每次咳嗽，都会有民警投去心疼的目光。可是，他越咳嗽，还越想抽烟，只有抽烟的时候，咳嗽才能停一会儿。

"李局，少抽点儿吧。"贺国庆实在看不下去，干脆将他兜里的香烟盒"没收"了。当时贺国庆是繁华分局分管刑侦的副局长，业务直接归李昂管，两人平时接触比较多，关系也不错。

李昂抽着烟，一声不吭。

会议开始，冯柏林首先汇报现场取证情况。在203房间案发现场，主要收集了沈老板嘴里的白毛巾、脖子上的尼龙绳、二十六颗烟头和两个水杯上的指纹。初步了解，案发的前一天下午，当地派出所民警在203房间处理桐庐商人赌博一事，这些烟头有民警留下的，也有桐庐商人留下的，究竟哪几颗烟头是凶手留下的，暂时不好判断，只能等到提取指纹后才能确定。不过"盛唐"牌的香烟盒，应该是凶手留下的，本地没有这个牌子的香烟。

在沈老板的房间里，除了鞋印，还提取到了烟灰和半个吃剩的苹果。冯柏林说："凶手杀人手法熟练，杀人后竟然在屋里吃苹果、抽烟，表明其心理承受力很强，应该不是第一次作案。"

对此，贺国庆和崔和平等人都表示赞同。冯柏林接着说："现场没有留下作案工具，判断凶器可能是羊角锤或者铁榔头。根据旅馆客人和工作人员的描述，两名凶手一高一矮，高的超过一米八，三十出头，矮的中等身材，四十多岁，都是宣城一带口音。尤其是高个子戴着鸭舌帽，这是皖南一带的典型着装。凶手杀人后，从旅馆后门逃跑，时间大约是凌晨1点。"

一位市领导问："怎么知道是从旅馆后门跑的？"

贺国庆替冯柏林回答："一个半夜下班的女工路过沈记旅馆，亲眼看到旅馆后门出来两个人，慌慌张张的，朝318国道方向跑了。"

一直沉默的李昂突然说了一句："以后发现哪个地方的旅馆不登记客人的身份证，辖区派出所长就地免职！"

屋里一时鸦雀无声。

刚刚说话的那位市领导清清嗓子："追究责任的事回头再说，先说案子，现在社会上传言很多，群众很恐慌，天黑都不敢出家门了。"

李昂当即表态:"此案是建国以来我市最严重的命案,公安局马上成立专案组,尽快破案,消除影响,给菰城群众一个交代。"

市领导追问:"有几成把握?要多长时间?"

李昂看了一眼冯柏林。这个问题他没办法回答,冯柏林最熟悉现场的情况,也许他能给出个大概的估计。

冯柏林明白了李昂的意思,对市领导说:"根据现场情况分析,这个案子应该不算复杂。第一,犯罪嫌疑人在现场抽烟吃苹果,可以肯定是惯犯,有前科,这就给我们提供了排查范围;第二,犯罪现场留下了指纹和鞋印,其中一个鞋印非常特殊,便于查找;第三,旅馆服务员判断犯罪嫌疑人跟她是老乡,不但口音一样,穿戴和饮食习惯也符合皖南一带人的特征;第四,有很多人见过凶手,可以为模拟画像提供详细描述。我想,三个月……或者用不了三个月就能破案。"

的确,一起重大命案能有这么多线索,也算是一种幸运。菰城民警都知道冯柏林断案如神,他每次对于案件侦破的预判都留有余地,从来没像今天这样肯定。

李昂心里也踏实了,他代表专案组立下军令状:"三个月内破案!我相信,在座的每位同志都有这个信心!"

贺国庆说:"信心我们有,不过,分局刑侦大队人手太少了,这么大的案子,至少需要三十名警力。"

李昂说:"全市民警你尽管挑,只要你点了名,我让他立即去繁华分局报到。"

会后,贺国庆从市局刑侦支队和几个分局的刑侦大队挑选了三十六人,成立了"95·11·29"专案组,李昂任组长,贺国庆任副组长,专案指挥部设在繁华分局。

有人提醒贺国庆,他挑选的人当中有几个"刺儿头",毛病挺多。贺国庆说"刺儿头"不怕,只要能把案子破了,他们就是骂我都行。

专案组成立,随即开会分析案情。根据之前的调查,既然有多人见过凶手,看到他们在大街上经过,估计凶手应该是来做生意的,在本地多半有朋友,只要找到他们在本地的朋友,案情就明朗了。另外,据丁筱提供的情况,凶手抽"盛唐"烟,喝古井贡酒,宣城一带口音,这个范围就很小了。

会后,专案组在桐树镇撒开大网,寻找有皖南合作伙伴的本地商人,但折腾了一周,没发现有价值的线索。

沈记旅馆紧靠318国道,凶手凌晨离去,肯定要搭乘交通工具。专案组民警对本地出租车、三轮车进行排查,都没有搭载过形貌类似嫌疑人的客人。既然如此,说明他们是搭乘长途车离开的。可是,排查途经318国道的客车,依然没有收获。凌晨时分,有一趟从芜湖、黄山方向发来的长途车,贺国庆带着两名民警专门前往长途车的始发站芜湖,在当地宾馆查询住宿登记,还是没发现凶手的蛛丝马迹。大家疑惑了，难道凶手有专门的交通工具？

连续奋战半个月，专案组民警都快累垮了，站着都能睡着。但没有一个发牢骚的，因为李昂跟他们一样，整夜整夜地熬着。

本地找不到有用的线索，就从现场留下的白毛巾和"盛唐"烟盒入手。白毛巾是上海一家毛巾厂生产的，"盛唐"牌香烟的产地在安徽芜湖，据烟厂方面介绍，他们的香烟主要在皖南一带的农村销售。冯柏林很兴奋，对办案民警们说："看来丁筱的判断靠谱，凶手应该是皖南一带的人。"

三

专案组开了个阶段性的总结会，明确了下一步的侦查方向，决定兵分三路，由崔和平带领一个小分队，请服务员丁筱做向导，以宣城为中心，在皖南一带寻找跟凶手口音相同的县市乡镇；冯柏林带一个小分队，去皖南排查有案底的惯犯，到县市级公安局指纹库比对凶手的指纹；贺国庆带领一个小分队，去调查鞋印的来源。

崔和平这一路出发前，根据冯柏林的建议，专门请公安部刑侦专家张欣到菰城来了一趟。

张欣是警界传奇，当兵的时候喜欢画画，退伍后进入上海铁路公安局。上世纪八十年代中期，上海老北站行李房发生一起冒领彩电的案件。当时一台彩电价值不菲，这可不算是小案子。张欣也参与了办案，听了行李员对冒领彩电嫌疑人的描述，抱着试试看的心态，模拟出了一张人像，铁路民警就凭着这张画像抓获了嫌疑人。从那以后，他一发不可收拾，模拟画像技术越来越精湛，全国各地公安机关都找他帮忙，根据他的画像破获了许多重大案件。

张欣在菇城跟丁筱等目击者聊天，根据他们的描述，很快模拟出了柳一沙和王佳亮的画像。二十多年后，这两张画像终于得到印证，的确非常接近嫌疑人的相貌，尤其是柳一沙。

崔和平这一路先去宣城一带排查。每到一个地方，丁筱总是一惊一乍的，说好像就是这儿的口音。崔和平几个人当然兴奋，拿着画像到处寻找，找着找着，丁筱又觉得口音不太像了，于是再换一个地方。宣城走遍了，又去皖南。刚到芜湖，丁筱又激动了，说芜湖口音跟那两个凶手相似。如此折腾了一个月，崔和平开始怀疑丁筱是否具备分辨能力。

丁筱自己也疑惑，觉得哪儿都像，可又哪儿都不像。她委屈地说："当时听着，就是我老家的口音啊……"

乔青向崔和平建议："打道回府吧，这么找下去不是办法。"

他们开车离开芜湖的时候,经过一个十字路口,丁筱突然指着前面一个匆匆过马路的男子:"哎哎,那个人,刚过去的那个,像那个矮个子凶手……"

不等丁筱说完,乔青一脚油门闯过红灯追了上去。那男子发现一辆汽车直奔自己而来,吓坏了,撒腿跑进了一条小胡同。胡同窄,车子进不去。崔和平和乔青下车追赶,前堵后围,终于把那男人控制住,不容对方辩解,押回汽车旁边让丁筱辨认。丁筱仔细看了看男人,越看越陌生:"不是不是,看错了……"

乔青气得直跺脚,赶紧给男人道歉。男人气炸了,大喊大叫,说有人要绑架他。他这一喊,很多路人围上来,把崔和平和乔青扭送派出所。民警问他们是哪里人,来干什么,还要看他们的身份证。崔和平小声说:"兄弟,能不能借一步说话?"

民警感觉里面有蹊跷,把崔和平单独带到里屋。崔和平掏出证件和菰城市公安局的介绍信,说明了情况。民警哭笑不得,把他们几个送出了派出所。

回到车上,几个人都沉默不语。连日奔波,加上刚才那么一出,都感觉很疲惫、很沮丧。丁筱知道自己惹祸了,小声道歉:"对不起啊,我不是故意的,着急,看走眼了……"

崔和平叹了口气:"没事,你也是好意。"

其实丁筱的第一感觉是对的。丁筱的老家在宣城最西边，而柳一沙家住芜湖最东边，两个地方隔江相望，别说口音相像，风俗习惯也都一样。

这一次，崔和平和柳一沙擦肩而过。

冯柏林那一路，重点排查有前科的人员，他们跑遍了皖南所有的县市，在当地公安机关的指纹库里比对了四五千张指纹卡，却是劳而无功。

这也不奇怪，因为侦查方向本来就有问题。被民警们称为神探的冯柏林马失前蹄，在案发现场勘查后作出了错误的判断，断定犯罪嫌疑人有前科。其实柳一沙和王佳亮过去的历史是一张白纸，干净得很，按照有前科的思路去寻找，不可能有结果。

贺国庆带队寻找鞋印来源，也找得很辛苦。他们跑遍了皖南一带的鞋厂和街面上的大小鞋摊，请教鞋厂的专家，都说没见过这种鞋印。民警们难免困惑，凶手究竟穿了一双什么样的鞋？

一晃儿到了春节，专案工作暂告一段落。

冯柏林无心过年。作为痕迹专家，自己在案情分析会上说得那么肯定，可顺着他的思路去排查，案子却毫无进展。现场留下那么有特点的鞋印，可贺国庆他们竟然找不到一点儿线索。不应该啊，难道这双鞋是孤品？冯柏林坚信，越是独特的鞋印，越是有追踪价值。

春节前几天，冯柏林跟家人打了个招呼，带着顾泽从杭州到南京，一路上逛鞋店看鞋摊。这天，他们在南京水西门一个鞋帽市场转悠。临近春节，鞋帽市场非常热闹。冯柏林侧身穿过拥挤的人群，从人缝中随意瞟了一眼旁边的鞋摊，心里突然悸动了一下，本能地感觉这个鞋摊似乎有戏。他折回身子，拿起摊上的鞋，看了一眼鞋底。现场鞋印的纹路已经深深印在他脑海里，根本不用比对，他就知道这正是他要找的鞋子。

这是一双高帮登山鞋。冯柏林不动声色地问："老板，这鞋哪儿出的？有多少双？"

鞋摊老板六十多岁，挺憨厚的面相。"就这几双，卖完就没了。"

细问才知道，这种鞋是韩国独资的工厂生产的，叫曙光鞋厂，厂址在昆山，产品只销往北美地区。鞋摊老板的邻居在鞋厂上班，有一批货走海运，装船的时候漏掉了一箱，就让邻居帮着卖掉。

顾泽压抑不住内心的激动："冯支队长，我真服气了，你判断得太对了，这下子没跑儿了，案子很快就能破了！"

冯柏林也是信心满满，立即向李昂汇报，最后还特意补充了一句："李局，你可以放心睡个好觉了。"

冯柏林和顾泽直接去了昆山，李昂也派专人赶到昆山的曙光鞋厂，协助冯柏林展开排查。

曙光鞋厂的行政办公室主任是韩国人，对警察的到来很警惕，调查的时候一直站在旁边，听翻译介绍情况。鞋厂方面说，他们生产的这种鞋子不在中国出售，在市面上基本是见不到的——除了装船漏掉的一箱，还有一次工厂车间起火，把抢救出来的鞋子作为福利分给了工人，有的工人自己穿了，也有人送给了亲友。鞋厂有好几百名员工，流动性比较大，今天来明天走的，个人信息登记聊胜于无，很多人根本不知道他们老家是哪里的。

冯柏林推断，凶手或者是鞋厂员工，或者在鞋厂有亲友。鞋厂的安徽籍员工很多，专案组民警对安徽籍以及跟安徽人有关系的在厂员工进行了重点排查，其中有一个皖南人，引起了冯柏林的重视。

此人姓张，是一个车间的小组长。冯柏林问他分到的鞋给谁了，他说谁也没给，自己穿了，还专门回宿舍把鞋子拿给冯柏林看了。冯柏林问他有没有从别人手里买鞋子送人，小组长说："没有。没人卖，都留着自己穿，你想买也买不到。你们问这个干什么？"

冯柏林说："找个人。"

因为案件未破，案情就要保密，冯柏林没有说出事实真相。

冯柏林找厂方了解这个张姓小组长的情况，厂方说这个小组长人品很好，工作认真负责，很少休班，甚至节假日都在厂子里。

尽管这种登山鞋只有曙光鞋厂生产，但鞋子的模具是哪里制造的？会不会是制造模具的环节出了纰漏？得知模具是在吴江模具厂定制的，冯柏林又找吴江模具厂的技术人员核实情况。技术人员肯定地说，这种模具只卖给昆山的曙光鞋厂，绝对没有外流。

鞋印的线索就此断了。回到菰城，见到李昂，冯柏林难免尴尬。话说得太满了，他让李局"放心睡个好觉"，可直到李昂病逝，也没能放下心来；他信誓旦旦地说三个月破案，可二十多年过去了，案子还处于挂账状态……

冯柏林介绍到这里，会议室里一片唏嘘。

姜晔看看表，快午夜了。"好了，今晚就到这里吧，大家回去抓紧休息，明天晚上我们继续。"

众人陆续离开。姜晔本能地觉得昆山的曙光鞋厂有文章，边往外走边问冯柏林："昆山那个鞋厂，你们后来没再去排查？"

冯柏林摇摇头。

其实，冯柏林询问过的那个张姓小组长就是柳一沙村子的，跟王佳亮是邻居。有一次，柳一沙去找王佳亮，看到张组长脚上穿的鞋子很好，就想买一双。张组长说他们鞋厂的鞋子不对外卖，最后，柳一沙把张组长脚上的鞋子买下了。

后来，张组长利用工作便利，偷了一双鞋子自己穿。冯柏林找他询问情况时，他拿出自己那双鞋给冯柏林看，其实那双鞋就是偷来的。

就这样，专案组跟柳一沙擦肩而过……

第四章　行走在人与鬼之间

一

那天凌晨，柳一沙和王佳亮从沈记旅馆后门逃走后，沿着318国道走出很远，才看到从远处驶来一辆长途客车。这时天色未亮，司机停下车等他们上来，柳一沙和王佳亮站在车门口警惕地往车里看。车上的旅客都在酣睡。两人都松了口气，他们现在最害怕的就是被人注意。

"去哪里？站那里卖呆呢，不上车就下去！"司机打了个长长的哈欠，憋着两泡泪水终于不耐烦了。

王佳亮赶紧拽柳一沙往车里面走两步，殷勤地说："去上海，去上海。"

客车晃晃悠悠地上路了。两人用在沈记旅馆抢劫的一百多块钱买了票，找座位坐下。柳一沙靠在椅背上，这一靠，他才感觉到全身几乎散架了，尤其是腿，哆嗦得自己都控制不住。车子没驶出多远，他忽然感觉后脊梁凉飕飕的,第六感告诉他,有人在背后盯着他!柳一沙一个激灵,猛然回头。

旁边的王佳亮紧张地问:"怎么了?"

车子最后一排座位空着。柳一沙吁了口气,心里嘲笑自己疑神疑鬼。他没有理会王佳亮,靠在椅背上闭上了眼睛。可是不多时,那股阴冷的感觉又一次袭来。柳一沙打了个寒战,再度回身,后排座上依旧空荡荡的,什么也没有。

旁边有只手捅了捅他,柳一沙立即弹跳起来。

原来是王佳亮。王佳亮手里拿着抢来的金戒指,吃惊地看看他,又看看周围。柳一沙的动作有点儿大,旁边座位的旅客被惊醒,嘟囔了两声,又沉沉睡去。王佳亮把柳一沙拽回座位,压低声音:"别一惊一乍的,不要命了?"说着,他把戒指塞进柳一沙的手心。

戒指冰凉,这股凉意从手心传遍全身,让柳一沙仿佛置身冰窖。他发恨地攥紧戒指,起身大步去了后座,坐在那排空荡荡的座椅上。王佳亮疑惑地看着举动反常的柳一沙,没吭声。片刻,他也跟了过去,坐在柳一沙身旁。

不多时,王佳亮就睡着了。柳一沙颤抖着手从地上捡起一个烟屁股,刚塞进嘴里,才想起身上没火,又把烟头扔在地上,用脚碾得粉碎。

昨晚的经历就像做梦,可柳一沙知道这不是梦。惊恐如同冰冷的海水,正在将他淹没。我杀人了?我杀人了!他极力控制着自己，生怕自己喊出声来。

　　天色渐亮，而柳一沙的神经始终紧绷着，感觉自己要崩溃了。远处隐约出现了一座城市的轮廓，不知道是什么地方。本来说好了两人一起去上海，但柳一沙临时决定在这里下车，也没跟王佳亮打招呼。

　　下车后，柳一沙从318国道进入一条岔路，狂奔了三四里，直到马路两边出现了广告牌，看上面的字样，离南县不远。他疲惫地席地而坐，后背被汗水浸湿，不过，那种阴冷的感觉没有了。

　　他终于放松下来，打量四周。旁边的电线杆上贴了一则招聘广告，某文学刊物需要一男一女两名编辑。"文学刊物""编辑"这些字眼令他心动。如果能在这里当编辑，有碗饭吃，就不用回南县了。此时他最不想回南县，不想见家人，不想见女儿。

　　柳一沙打起精神，按照小广告标注的位置，找到了一间小平房，里面有一个胡子拉碴的男人。男人对柳一沙说："男的已经有了，还缺一个女的，你要是女的就好了。"

　　这话说得挺气人。"我要是女的……我要是你爹，现在就给你个大嘴巴！"但这话只停留在柳一沙的脑海里，更变不成行动。他点头哈腰地退出了小平房。

　　眼看着太阳一点点往西移，柳一沙虽然万分不情愿，可只能踏上回家的路。他实在不敢留在一个陌生的地方过夜，他怕那股阴冷的气息再找上来。

二

　　家中冷锅冷灶，王淑兰和女儿都不在。看厨房的样子，一两天没动火了，大概是带女儿回娘家了。柳一沙离家的时候告诉妻子，他去上海找王佳亮借钱，给女儿的眼睛做手术，这种手术越早做越好。他怀着希望出了门，满心以为回来后就能带女儿去做手术了，可万万没想到，几天后再回来的时候，他的人生彻底改变了，生活永远不可能回到过去的轨道上了。

　　他不再是过去的柳一沙了。

　　柳一沙上了二楼。这里是他的空间，有一张桌子、一个书柜，还有一张单人床，床上散乱地放着几本书。表面看，一切都是他走之前的样子，可他知道，一切都不可逆转。他从兜里掏出那枚金戒指，用一张纸巾小心包裹起来，藏在书柜里，想了想，又从书柜里拿出来，藏在床板下面。过了一会儿，又从床板下面拿出来，放在了抽屉深处……

　　不到半个小时，他换了好几个地方，可放在哪里他都害怕，都觉得不安全。为了这么个小东西，自己竟然杀了人……他越想心里越恨，最后，把戒指塞到床底的缝隙里。

躺在床上，尽管很累，他却睡不着，眼前总晃动着沈老板和老板娘的面孔。我杀人了吗？我真的杀人了？他在心里一遍遍问自己。突然间，他用被子裹紧头，沉闷地呜咽着："我杀人了！我杀人了！我怎么杀人了……"

也不知哭了多久，他终于哭累了，睡着了。这一觉，柳一沙睡得无知无觉。

晚上7点多钟，妻子和女儿回家了，果然是去了娘家，是柳一沙的小舅子王炳义开着三轮车把她们娘儿俩送回来的。妻子进门，看到门口那双登山鞋，知道柳一沙回来了，对弟弟说："哟，你姐夫回来了。人呢？睡了？"

王炳义就想去楼上看一眼姐夫，边上楼边说："姐夫，还睡呀？"

叫了几声，柳一沙没有任何反应，王炳义上前推了他一把。柳一沙突然"啊"的一声惊醒，从床上弹跳起来。王炳义吓了一跳："怎么啦？"

"滚！"柳一沙瞪着他怒吼。

王炳义愣住了，他不明白自己哪儿做错了。他跟柳一沙相处得虽然没有多么亲密，可一直都是客客气气的，从来没红过脸。此刻被柳一沙一吼，王炳义脸上挂不住了。"姐夫，我怎么惹你啦？看你咬牙切齿的，这么恨我？"

柳一沙看清楚面前站的是小舅子，知道自己发火找错对象了。可此刻他的情绪极度败坏，压根儿控制不住自己，干脆把被子往旁边一撩："对，恨你，以后没事别来！"

"你以为谁喜欢来啊？"小舅子转身下楼。

王淑兰听见上面的对话，不知道出了什么状况，赶紧上楼，在楼梯口遇见了怒气冲冲下来的弟弟。"怎么啦你俩？"

王炳义把她推到一边，出门蹬上三轮就走。王淑兰快步跟出来："你别跟他计较，我估计他没借到钱，心里窝火。"

"心里窝火，冲我吼什么？"

看着弟弟骑着三轮车走远了，王淑兰心里堵得慌，站在门口发呆。这时候，女儿已经上楼了，站在床边喊"爸爸"。柳一沙看到女儿，心里像被锥子扎了一样疼。他把目光移开，不愿再看女儿的眼睛。

"爸爸，你给我带礼物了吗？"女儿要往床上爬。

柳一沙忙下床。"去去，楼下玩去！"

"怎么啦？疯狗一样，逮谁咬谁啊！"王淑兰上来了。看到柳一沙，王淑兰忽然发现，柳一沙整张脸很奇怪地苍老了，仿佛一夜之间跨越中年到了老年，可他的眼中却有一种疯狂，似乎随时准备跟人搏斗。她伸手摸了摸柳一沙的额头，"咋成这样了，鬼附身了？"

这话让柳一沙更加恼火："去去，都走！"

王淑兰抱起女儿转身下楼，听到身后"咣当"一声，门口的椅子被柳一沙一脚踢翻了。王淑兰不屑："就对家里人凶，有本事你出去凶，出门就是条虫……"

柳一沙在屋子里转来转去，像只困兽，不是踢倒椅子，就是绊倒凳子，仿佛不弄出点儿响动，就不能表现出自己的强大。他现在需要这种虚弱的强大来支撑自己不被内心的恐惧打倒。直到把能踢翻的东西都弄倒，他才住手。这时候，他看到刊发自己作品的文学刊物，摆放在书架正中央。他走过去，小心地把杂志拿在手里，摩挲了半天，把脸埋在上面，无声地哭泣……

王淑兰在楼下陪女儿看童话书，边看边讲，同时注意着楼上的动静。因为心不在焉，经常讲错。"不对，是小狗熊妈妈去了小兔家，不是小兔去小狗熊家！"女儿提出抗议。王淑兰有些心烦，把几本童话书塞给女儿，让她自己看去。

10点多钟，王淑兰把女儿哄睡，轻手轻脚上楼，柳一沙正坐在桌前发呆。她去厨房煮了一碗面端上来："吃吧，骂人有功。"

柳一沙挪动了一下身子。一个姿势坐得太久，身子僵硬，他差点儿连人带椅摔倒。王淑兰赶紧扶住他，担心地问："你怎么了？脸色这么差，要不要去卫生所看看？"

柳一沙没说话，他心里很后悔，后悔刚才没有控制住自己的情绪。这样下去，会把自己害死的，你已经不是以前的柳一沙了！今天多亏是在家里，在家人面前，如果是在外面，在公安面前，你就死定了！

王淑兰试探着问："没借来钱吧？别急，慢慢来，我回家跟孩子姨姨和舅舅说了,他们答应想办法凑钱。"

柳一沙正想找个理由掩盖自己刚才的冲动,妻子的话正好给他找了个台阶。他长叹一声,骂王佳亮太不是东西,说好了借钱的,又变卦了,让他白跑一趟,还赔上了路费。

"也别怪王佳亮不借给你,人家很不错了,借了多少次,还不知道猴年马月能还,换谁都烦。"王淑兰见柳一沙情绪平稳了,又说,"你不是也说过嘛,这辈子不能忘了人家,他对你是真心好。"

没有王佳亮,自己也不会落到这般田地。柳一沙说:"我不想跟他来往了,以后离他们家人远点儿!"

王淑兰不跟柳一沙争论,在一边督促他吃完了面条,才说:"11点了,早点下去睡吧。"

柳一沙本来不想下楼,但看到王淑兰站在一边等他,只好站起来,关掉了台灯跟着王淑兰下楼。

忙活了一天的王淑兰很快就睡着了。柳一沙虽然闭着眼,人却一直醒着,满脑子都是沈记旅馆的画面。好不容易迷迷糊糊睡着了,突然间又醒过来,在心里问自己:"我杀人啦?是做梦吧……"

他轻轻坐起来,看到身边睡熟的妻子和女儿,又意识到这不是做梦。

就这样,柳一沙在似梦非梦中,折腾到后半夜,终于入睡了。他做了一个奇怪的梦:警察到他们村里抓一个杀人犯，村里人都帮警察追赶，从一条大街追到另一条大街。他也很兴奋，跟在村民身后追杀人犯。不知为什么，追着追着，很多人突然掉头朝他扑过来，将他摁到地上，说他是杀人犯。他挣扎着喊"我不是杀人犯"，但众人就是不松手。远处一队警察朝他跑过来，他努力挣扎，终于坐了起来……

耳边传来女儿的哭声。妻子一边哄孩子，一边生气地嘟囔："大半夜的，你又喊又叫折腾什么？鬼缠身了？"

柳一沙大汗淋漓，内衣都被汗水打湿了。他再也睡不着了，干脆起身上楼，打开台灯，摆出一副要写作的样子，其实是坐在那里发呆。他不知道自己在梦里喊了什么，也不能问妻子，但他清晰地记得那个梦境，或许就是预兆，他很快就会被警察抓住。他看过很多侦探小说，知道许多警方寻找凶手的手段，只是从没想到，这样的事会发生在自己身上。懊恼、愤怒、恐惧、无奈……各种情绪困扰着他，让他坐立不安。

此后几天，他把自己关在家里，很少跟家人交流。不懂事的女儿一次又一次上楼缠他讲故事，他哪有这个心情，动不动就轰女儿"下去下去"。

起初，王淑兰只当他心情不好，没往心里去。然而连续几个晚上，柳一沙都大喊大叫地从梦中惊醒，王淑兰越来越觉得他不对劲，追问他哪儿不舒服，是不是遇到不吉利的事了？"去找咱村的大仙看看吧，让他使个法术，驱驱邪。"

她说的大仙，是村里一个算命先生，经常装神弄鬼替别人消灾。柳一沙不屑一顾："你也信他？我没事，可能最近侦探小说看多了。"

王淑兰信了："整天看那些吓人东西，能不做噩梦？没事别总在家里憋着，咱家地里的玉米秸子还没收拾出来呢。"

柳一沙暂时糊弄过妻子，但他心里明白，这样下去早晚要引起妻子的怀疑。自己的生活永远回不到过去了，一切都要改变，尤其是这个家。这个家迟早要破碎，那还不如早点儿结束……这个念头一旦冒出来，就紧紧抓住了他的心。

三

王淑兰在村边种了一块菜地，总有鸡鸭去菜地里糟蹋青菜，她让柳一沙去山里找些树枝，围着菜地扎道篱笆墙。柳一沙哪有心思做这些事，他在二楼自己的房间里，穿着厚厚的连帽棉衣，连院门都不出。王淑兰问他怎么了，他说今年冷，出去受不了。无奈，王淑兰只能把女儿丢在家里，让柳一沙照看，自己去扎篱笆墙。

篱笆墙看着简单，扎起来很费力气，王淑兰折腾了两个多小时，累得腰酸背疼才扎了一小段。她艰难地直起腰，想歇息一会儿，不小心踩到旁边一堆树枝，把脚心扎破了。看着冒出来的血，王淑兰很恼火。本来扎篱笆这种事是男人干的，柳一沙一个大男人却躲在屋里，不是说身上冷，就是说写作，都是借口。

王淑兰憋着一肚子火回家。女儿在一楼玩耍，把两个生鸡蛋摔在地上，弄得家里像个垃圾场。王淑兰气愤地朝楼上喊："你是死人啊？不出去干活，在家里连孩子都照看不好！"

王淑兰的吵闹让柳一沙有了借口。"我就是死人，你嫌烦，咱离婚，你带孩子滚！"

紧接着，柳一沙把王淑兰和孩子的衣物扔到院子里。平地起惊雷，王淑兰吓了一跳，愣怔片刻，大颗的泪水涌出来。万万想不到，自己只是数落他两句，就被他赶出来了。这些年在柳家当牛做马，换来的却是柳一沙的无情无义。王淑兰越想越委屈，抱起孩子头也不回地出了门。

柳一沙在后边喊："永远别回来，我不想看到你们！"

回娘家有二十多里路，王淑兰抱着孩子，一路哭着朝娘家走。多亏半路遇见一个开三轮车的熟人，把她和女儿送了一程。

王淑兰娘家的家境也一般，但比柳一沙家强多了。她父母身体都健壮，种着家里的责任田，弟弟做点儿小生意，妹妹是中学老师。原本觉着王淑兰嫁了一个文化人，没想到是个懒汉，脾气还这么坏。一家人听完王淑兰的哭诉，都很生气，尤其是王炳义，前些日子无缘无故被柳一沙骂了，心里一直憋着火,听说姐姐受了欺负,当即要去找柳一沙算账。

父亲尽管也很生气,但嫁出去的女儿泼出去的水,还真不好跟女婿动手动脚的,于是训斥王炳义说:"你姐姐的事,你别插手!"

妹妹心疼姐姐:"他不是要离婚吗?跟他离,这种男人,还伺候他干啥?"

父亲瞪了小女儿一眼:"离婚这么简单?别跟着瞎起哄!"

王炳义给妹妹帮腔:"就应该离婚。我姐跟他过过一天好日子吗?不下地干活,整天赖在家里,还耍横,什么男人啊!"

父亲点上一支烟,吸了两口:"柳一沙是读书人,吃不了苦,但脾气一直挺好的,怎么突然变成这样了?"

这时候,王淑兰已经冷静下来,其实她不想跟柳一沙离婚,就替柳一沙找理由:"都是让钱愁的,前些日子去上海跟王佳亮借钱,没借到,我猜肯定是王佳亮说话不讲究,他受不了了。"

"整天借钱借钱,一个大男人就知道借钱,怎么不出门挣钱?不喜欢种地,可以出去打工啊。"王炳义说。

"你就在家里住着,也就多两双筷子,我们养得起你,看他一个人怎么过!"妹妹说。

王淑兰也想在家多住几天,逼着柳一沙来接她和女儿回去。否则自己就这么回去,多没面子,今后在柳一沙面前更抬不起头。反正柳一沙不会做饭，估计熬不过一周就软了。

没想到，王淑兰在娘家住了一周，柳一沙连个人影也没见。王淑兰心里先慌了，担心柳一沙一个人在家出事，带着孩子要回家。妹妹和王炳义都不理解，说王淑兰没骨气，难道离开柳一沙就不能活了？就这么回去了，以后柳一沙不是更嚣张？

王淑兰知道弟弟妹妹说得在理，可她还是没听他们的劝，带着女儿回家了。回家前，她已经做好了心理准备，不管柳一沙怎么闹腾，就是不离婚。父亲说得对，离婚没这么简单。

王淑兰回娘家的这些日子，柳一沙几乎没出门，一天也就一顿饭，大多是煮碗挂面。妻子和女儿不在家，他放松了很多，不用担心夜里说梦话了。他最不放心的是那枚金戒指，藏了好几个地方，总怕被妻子发现。他也想看看书转移注意力，可翻了几页，实在读不进去。大多数时间，他就是躺在床上胡思乱想，设想他被抓住了会是什么样子，全村人肯定都要看他的笑话，妻子和女儿也会被人看不起。

白天的时光还好打发，一到晚上，柳一沙就感觉到那股阴冷无处不在，无孔不入，哪怕他藏在被窝里，也会被它抓住蚕食……

王淑兰回来的时候，差点儿没认出柳一沙来。只一周的时间，他变得面皮灰白，胡子拉碴，整个人瘦脱了形。王淑兰顿时内疚起来,以为是自己离家出走把柳一沙折磨成这个样子,她当即打定主意,不管柳一沙怎么骂,她也不走了。

柳一沙看到王淑兰抱着女儿怔怔地站在那里,冷着脸问:"我说了不想见你们,怎么又回来了?把你的东西收拾一下,一起带走!"

王淑兰放下女儿开始收拾房间。"这是我的家,我为什么要走?"

"我跟你离婚了,这房子是我的。"

"凭什么离婚?我不离。"王淑兰忙碌着不想理睬柳一沙。

柳一沙威胁说:"你不走,可别怪我动手了!"

王淑兰看了柳一沙一眼,说:"你让我带孩子去哪里?怎么过?"

"回你娘家啊,再嫁男人啊,爱去哪儿去哪儿。"

"我哪儿也不去,就算打死我,我也不走,要穷一起穷,要死一起死。"

王淑兰的话让柳一沙心里酸酸的。自己一个杀人犯,何德何能,让一个女人对自己如此死心塌地。这辈子亏欠她太多了。当初她推掉了那么多提亲者,觉得他是文化人,死活就想嫁给他,可他却没有让她过上一天好日子。现在她受了这么多委屈,却仍旧不离不弃。他多希望王淑兰能带着女儿离开自己,只有那样,才是对她们娘儿俩最好的报答。可王淑兰是个受过中国传统家庭教育的女人,认定一个男人就是一辈子。

柳一沙心里五味杂陈，更多的是对自己的恨。四条人命，只换来一枚不敢拿出来的金戒指。王淑兰如果看着这枚金戒指，肯定要追问哪里来的，他没有钱，不可能去买一枚金戒指。这么贵重的东西，又不可能是别人送的，那只有一种可能，就是偷来的。

四

煎熬的日子还要过下去，只是这次闹腾后，柳一沙有了跟妻子分床的理由，一个人睡在二楼的那张单人床上，每夜的折腾他自己承受。他在二楼房间里装了一个二百瓦的电灯泡，夜夜屋子里像白昼。而到了白天，他又把窗帘拉上，屋子里阴沉得像地窖。

王淑兰不敢管他了，只能趁他去院子里的空隙，悄悄进去收拾一下。她以为柳一沙为了给女儿挣钱治病，创作进入了疯癫状态。

一晃儿就是春节。

实行土地承包责任制后，农民富裕了，乡村的春节变得丰富多彩起来。大年初一，村里请来了戏班子，唱了一天大戏，村民都出门看热闹。

王淑兰也带着孩子出门玩耍,有邻居问她,怎么一直没见柳一沙?王淑兰说他在家写文章。邻居觉得不可思议,说柳一沙读书读多了,有些书呆子气。"春节前我在你家门口看到他,跟他打招呼,他低头装没听见。"

邻居虽然是当玩笑说的,可语气里的不满,王淑兰听得出来。她赶紧解释,说这些日子柳一沙为了给女儿凑钱看病,压力很大。

正跟几位邻居说着话,王淑兰看到王佳亮迎面走过来,愣了一下,不知道该不该跟他打招呼。正犹豫着,王佳亮已经走到跟前:"哎哟,这不是孩子他舅妈吗?"

王佳亮的儿子认柳一沙做舅舅,一直称呼王淑兰舅妈。王淑兰只能笑脸相迎:"大哥,从上海回来过年?"

王佳亮点点头:"一沙呢?"

"在家看书,他不喜欢出门凑热闹。"

"他是作家,就是要坐在家里。"王佳亮笑着从兜里掏出一百块钱,递给王淑兰的女儿,"也不给我拜年?给你压岁钱。"

王淑兰急忙推挡:"别别,你挣个钱也不容易,给这么多干啥?"

"又不是给你的,给孩子的。"王佳亮把钱塞到王淑兰女儿的衣兜里,转身挤进人群看戏去了。

王淑兰带着女儿转悠了一圈就回家了,上二楼告诉柳一沙，王佳亮从上海回来了，还给了女儿一百块钱压岁钱。柳一沙一听急了："你要他的钱干啥？给他送回去！"

王淑兰不理解："人家给压岁钱也是好意，送回去太不近人情，那以后可就真的断了来往了。"

柳一沙暴跳如雷："我就是要跟他断了来往！你马上给送回去！"

王淑兰很委屈，不知道自己哪里做错了，被柳一沙这样嫌弃。她看了看怀里的女儿，女儿也正眼巴巴地望着她。

这时，楼下传来王佳亮的喊声。王淑兰愣怔一下，忙叮嘱柳一沙："大过年的，你别不搭理人家，装装样子也好。"说罢，王淑兰下楼迎接。

如果说这个世界上柳一沙最不希望见到谁，那就是王佳亮。这个人代表着那个噩梦般的夜晚，也代表着他的无能和失败。四条人命，除了给他带来无休止的折磨，其他一切照旧，贫穷、女儿的眼病，像楔子一样牢牢占据着他生活中的所有空隙，让他不能挣扎，不能翻身。

"大哥来了，一沙在楼上。"他听见王淑兰的招呼声，接着，楼梯上传来脚步声。那股阴冷第一次出现在光天化日之下，随着王佳亮的脚步一起逼近。柳一沙不能躲藏，也无处可藏。

"大作家，又在写什么大文章？"王佳亮说着，人已经上了二楼。

看到柳一沙的第一眼，王佳亮愣了一下，脸上是吃惊的表情，但很快他的表情就恢复了正常，上前拍了拍柳一沙的肩膀。他明显感觉到柳一沙哆嗦了一下。

"大作家，要注意身体啊，看你脸色，就知道天天熬夜写作。"

柳一沙身体僵硬，他不想靠近王佳亮。自从王佳亮进屋，那股阴冷气息就更加浓烈了。他想问问王佳亮有没有这种感觉，是不是也被那种邪门的阴气缠绕过。可想了想，又把话咽回去了。

王佳亮问柳一沙最近写了什么文章，鼓励他坚持写下去。又问他生活怎么样，春节准备了什么年货。最后，他一语双关地说："别把日子过得这么紧张。中国这么大，哪里找不到吃饭的地方？你要是愿意，跟我到上海打工，我弟弟在上海的生意做得不错，咱们跟他一起干。"

柳一沙无力地摇摇头："我哪儿都不想去。"

"别整天胡思乱想，早晚不就是个死吗？都穷成这个样子了，还有什么想不开的？活一天快乐一天。"

柳一沙突然抬起头，愤怒地瞪着王佳亮，似乎控制不住情绪了。恰好王淑兰端着一杯茶上楼，王佳亮趁机起身，说村里有几个长辈，他还要去拜年，以后有空再来。

看着他的背影，柳一沙突然觉得这个人在侦探小说里遇见过，只不过王佳亮没穿黑风衣没戴黑墨镜。他内心里不得不承认，跟王佳亮相比，自己见过的世面太少了，别说满世界跑，就连村子都不敢出。

过春节都要走亲戚拜年。对柳一沙来说，别的地方可以不去，岳父那边是必须去的。可初三这天，柳一沙却说自己身体不舒服，让王淑兰带着女儿回娘家。王淑兰自然不高兴："你平时不去也就不去了，过年都不去，让别人怎么说？"

正说着，邻居家放起了鞭炮，噼里啪啦声让柳一沙心烦意乱："别人爱怎么说就怎么说。"

王淑兰懒得跟他生闲气，自己带着女儿回娘家了。其实，王淑兰的娘家人都在等柳一沙，想利用这个机会化解前些日子的矛盾。王淑兰的父亲再三叮嘱王炳义，柳一沙来了，不要甩脸子，又叮嘱小女儿，姐姐和姐夫之间的事情少去掺和。王淑兰的母亲特意做了柳一沙喜欢吃的菜肴，还专门请了几位跟柳一沙关系不错的亲友来陪酒。可是，柳一沙却没露面。

王淑兰的父母没有把心里的不快表露出来，可弟弟妹妹不干了，说从今往后，只当没这个姐夫。

王淑兰在娘家住了两天，母亲问女儿，跟柳一沙到底是怎么回事。王淑兰说，就是因为给女儿治病的事情，压力太大。

初六，王淑兰该回家了，父亲让王炳义送王淑兰回去。王炳义死活不干："他都不来家里看你，我凭什么去看他？"

"就是为了你姐,你也要去!咱不是希望你姐过得好吗?"父亲说着,满眼泪花。

小女儿忙上前劝慰:"爸,我和炳义陪姐姐回去。"

小女儿是老师,能够理解父亲的心情,在她的劝说下,王炳义尽管满心不高兴,还是陪着姐姐回去了。

柳一沙家的房子位于丁字路口的一角,前面有一条小巷,旁边是村里最宽的大街,家门前往来的人比较多。院子没有围墙,只有半人高的铁栅栏。皖南气候湿润,家家户户白天都开着房门,以往,从院外小巷经过的人可以看到他家的客厅。但柳一沙却把房门关得死死的了。

姐弟三人进了院子,敲了半天门,柳一沙才从二楼下来。打开门,看到小舅子和小姨子也来了,他不由愣了一下,刚要转身往屋里走,小姨子脆脆地喊:"姐夫,过年好!"

柳一沙站住了,干涩地笑笑:"好好,快屋里坐。"

王炳义打起精神,也含含糊糊说了句:"姐夫,过年好。"

柳一沙听清了,对小舅子点点头:"都好,都好。"

母亲给王淑兰打包了不少现成的饭菜。午饭就省事了,基本都是从娘家带来的。为了活跃气氛,王淑兰特意拿出一瓶古井贡酒,让柳一沙和王炳义喝两杯。以前柳一沙喜欢喝两口,尤其喜欢喝古井贡。可这次,柳一沙瞅了一眼酒瓶子,目光立即弹跳开,说最近身体不舒服,不想喝酒。草草吃了两口饭,他就上楼了。

王淑兰挺尴尬，给王炳义倒了一杯酒："我陪你喝点儿。"

王炳义理解姐姐的心情："不用你陪，我自己喝就行。"

午饭吃得很沉闷。吃完饭，王炳义和妹妹也不多待了，起身就走。王淑兰送出院子，小声告诉王炳义，过了正月十五，她想出去打工。

这些天，王淑兰心里一直在琢磨打工的事。让柳一沙出门打工，肯定不可能，那就让他在家当"坐家"吧，她自己出去打拼。

"帮我打听着点儿哪里需要人，干什么都行。"王淑兰叮嘱弟弟。

正月十五过后，王淑兰把女儿丢在娘家，让母亲帮忙照看，她出门打工了。王炳义在县城给她联系了一家酒楼，去干些刷碗、择菜、端盘子之类的杂活儿，一干就是一个多月，直到清明节才有三天休班。

王淑兰回娘家看望女儿，得知父母到处跟亲友借钱，凑了五千块。父亲说："回去告诉一沙，抓紧带孩子去上海做手术，钱不够，我们再凑，活人不能让尿憋死！"

王淑兰流着泪收下了这些钱。她觉得自己真是不孝，出嫁了还让父母这么操心。

这一个多月，柳一沙独自在家熬日子，也是度日如年。为了让内心平静下来，他逼着自己看书或写小说，可总是恍惚，总觉得背后有双阴冷的眼睛在盯着自己。白天，听到外面有敲门声或脚步声,他就紧张,晚上,又不停地做噩梦。有时候梦见自己走在路上,路边的大树突然倒下来,压在他身上,怎么挣扎都无济于事。有时候梦见自己杀了人,埋在院子里,怕被人发现,整天都在埋尸处坐着,一刻也不敢离开……

有一天夜里,他做了一个"梦中梦"。他在梦里梦见自己杀人了,被警察追赶,把他吓醒了。醒了才知道是做梦,他兴奋地喊:"我没杀人!太好了,我是做梦,我没杀人!"喊着喊着,真的醒了,屋内黑乎乎的,外面传来猫叫声,他才意识到一切都没有改变……

在恐惧和折磨中,柳一沙日渐憔悴,头发长了,也不敢去县城理发。他觉得这样的生活太难熬,不如死掉算了。有了这个念头,他就在心里筹划。清明节到了,他准备了一些冥币,还有一包老鼠药,拿着去了父亲的坟地。他将一捆冥币在父亲的坟前点燃,准备烧完冥币,就在父亲坟头吞下这包老鼠药。

火苗舔舐着冥币,燃得很慢,仿佛知道柳一沙的想法。冥币烧掉大半的时候,他听到身后有动静,回头一看,原来是妻子带着女儿来了。女儿之前一直住在外婆家,好久没看到他了,老远跑着喊爸爸,一头扑进他怀里,幼小的身体在他怀里扭来扭去,揪他的耳朵和头发。一瞬间,他在心里骂自己不是东西,女儿的眼睛还没治好,自己就这么死了,怎么对得起女儿！女儿带着有缺陷的眼睛长大，她的人生会是什么样子？

这时候，面前的冥币烧完了。柳一沙对着父亲的坟，磕了几个头，然后把女儿紧紧搂在怀里……

第五章　没按下葫芦却浮起瓢

一

1996年清明节后,"95·11·29"专案组得到一个消息,上海近郊有一个劳务市场,里面大多是皖南人。联想到沈老板嘴里塞的白毛巾是上海生产的,专案组怀疑凶手可能在上海劳务市场出现过。

劳务市场每天早晨都聚集了很多外来务工者,有瓦工、木工、水电工……各种手艺人,等待用工者来挑选,运气好的话,可以揽到一个大活儿,一干就是几个月,不过大多数都是短工,三五天或几个小时。

王佳亮和柳一沙确实去劳务市场转悠过,想在那里找活儿干。柳一沙没有特别的劳动技能,只有下苦力,他觉得这种纯体力活儿不符合他的"作家"身份,就回了南县。

乔青和顾泽几个人假装是招人干活儿的客户,每天到劳务市场转悠一圈,遇到皖南一带的务工者,就跟他们聊天,把柳一沙和王佳亮的画像给他们看，打听是否认识这两个人。去的次数多了，就引起了别人的注意，问他们找这两个人干啥。他们只好说有点儿活儿没干完，这两个人就不见了，活儿虽然不多，但必须他俩才能扫尾。

这天，恰好王佳亮的表姐也去劳务市场找活儿干，看了顾泽手里的画像，心里"咯噔"一下，回去就跟王佳亮说了。"画像里那个高个子，长得跟柳一沙似的。"

"这种事可不能瞎说，长得像的人多着呢。"

王佳亮嘴上这么说，心里却疑惑，警察怎么找到上海来了？他忙给柳一沙打电话，想叮嘱柳一沙，最近一段时间不要到处乱跑。电话打到村长家里，村长告诉王佳亮，柳一沙不在村子里，带着女儿到上海治眼睛去了。

王佳亮吓了一跳，难道警察知道柳一沙到上海了？他想尽快通知柳一沙躲起来，却又不知道柳一沙去的是上海的哪家医院。

其实，柳一沙就在附近的一家私立医院里，和王佳亮的直线距离不超过两公里。柳一沙是清明节后到上海的，巧合的是，他带女儿到达上海的第二天，乔青和顾泽等专案组成员也来了。

这家私立医院在地下室，条件简陋。柳一沙本不想来，可王淑兰说这里的医疗费只有三千多，比正规医院便宜小一半，钱都是借来的，能省就省吧。

来之前，柳一沙跟王淑兰商量，想让她一个人带女儿到上海治眼睛。王淑兰不答应，说上海太大，以前就去过一回，都分不清东西南北，别眼睛没治好，再把女儿弄丢了。柳一沙犹豫良久，最终答应陪她们一起去。

出门的时候，王淑兰特意提醒柳一沙，要不要给在上海的王佳亮带些家乡的土特产，柳一沙没吭声，仿佛没听到。见他脸色阴沉，王淑兰没敢继续问，觉得柳一沙有些不近人情，太极端了，人家过去可是帮过他们很多的，不能因为一次不借钱就成了仇人。当然，只能心里想想，嘴上是不敢跟柳一沙说的。

柳一沙和王淑兰在上海住了一个星期，女儿手术后的第三天他们就回去了。而这一天，乔青和顾泽也被菰城市公安局紧急召回，他们又有了新任务。

就这样，专案组与柳一沙一家人在长途汽车站擦肩而过。

二

菰城郊外一片湿地里发现了一具女尸，嘴里塞着毛巾，手和脚都被绳子捆绑着。初步认定，死者是半年前失踪的女出租车司机，遇害前遭到性侵。

半年前，派出所接到女出租车司机家人的报案，经过两个多月的侦破,人和车都没有找到,怀疑出租车遭到抢劫,女司机凶多吉少。因为找不到任何线索,案件没有进展,只能暂时搁置起来。现在人找到了,或许会给侦破工作带来转机。

尽管尸体高度腐烂,但尸检结果表明,死者遇害前有过激烈打斗。抛尸地点在湿地的深处,用杂物掩盖,显然不是第一现场。凶手杀人后,将尸体拖到这里来的。如果能找到第一现场,或许能获得一些物证。

民警们忙碌了两天,毫无收获。周边都是湿地,草木旺盛,即便是有第一现场,也早就被水草淹没了。如果找不到线索,此案恐怕又将成为悬案。

晚上,冯柏林无法入眠。盘点尸检的每个细节,他的脑海里突然闪过一个画面,死者一只手张开,一只手握拳,检查时并没发现手里攥着什么东西。此时冯柏林却有了疑问,白天检查得足够仔细吗?

第二天,再次检查死者攥紧的拳头,终于从腐烂的掌心提取了一粒绿豆大的石子。冯柏林找专家鉴定,确认是萤石。冯柏林一怔,这片湿地里怎么会有萤石?

经过了解,在距离湿地十多公里的地方,有一个刚开发的萤石矿区。冯柏林敏锐地意识到,死者手心的这粒萤石,跟萤石矿区有着某种联系。

李昂听取了冯柏林的汇报后,组织上百名民警对萤石矿区周边全面搜索，在距离矿区一公里的路边水沟里，找到了死者的衣物。很快，又在附近找到了一张萤石矿区的出入证，尽管上面没有名字，但范围缩小了。

冯柏林推测，这个出入证很可能是凶手跟女司机厮打的时候遗落的。他在出入证上提取了两枚指纹，心里感叹，女司机一定知道凶手是萤石矿区的人，所以才死死攥住一粒萤石。

在女司机失踪后的几天里离开矿区的工人总共有十三人，这十三人中，有七个本地人，其他则来自江西、江苏、安徽和贵州等地。这十三人中，警方找到了十一人，经过指纹比对，都被排除了，剩下的两人是江西的，但人不在老家，去向不明。

李昂调集精兵强将在江西展开排查，寻找两人的踪迹。据反映，其中一个叫严敏杰的，前些日子有人见到过他。警方随即排查严敏杰的社会关系，从他的同学那里得知，严敏杰曾向同学打听过一家林场的情况。这家林场在江西与湖南交界处，比较偏远。菰城警方跟当地公安机关取得联系，查明林场里确实有一个叫严敏杰的打工人员。

冯柏林、乔青、顾泽迅速赶往林场。天色已晚，又刚下过一场小雨，进入林场的土路很难走，车辆开着开着就陷到了路边的水沟里。此处距离林场还有四五公里，他们等不及救援人员赶到，干脆弃车步行。

雨后的傍晚，天空铺陈着缤纷的色彩，夕阳的余晖从淡淡的云层透出来，一块一块地铺在山坡上，让山坡明亮了起来。当地带路的民警为了节省时间，选择了一条从密林穿越的小路。林中有各种鸟叫，幽深处的景色也自然很美，照相机就挂在乔青的胸前，如果不是急着去林场抓人，他一定会用相机拍几张照片。

远远地，他们看到了林场的房屋，最后一抹夕阳恰好从一片矮小的屋顶滑落，四周茫茫的树木和一排排房子，立即被厚重的夜色覆盖了。已经亮起来的灯光，点缀着夜色下的林场，呈现出童话般的布景。

林场领导和保卫科人员正在路口等候，简单交流几句，一行人直奔工人宿舍。宿舍里面的工人们正在玩纸牌，玩得挺专注，民警进屋时，竟没人注意他们。

乔青走到其中一个男人身边："严敏杰！"

男人下意识地答应了一声，抬头一看，不认识，不由得有些诧异，一时没说出话来。旁边一个牌友帮他回答："他是，你有什么事快说。"

严敏杰终于意识到情况不对，刚要起身，就被乔青和其他几位侦查员摁住了。众牌友一看这架势，以为是有人上门寻事，跃跃欲试要冲上去帮忙，站在门口的林场保卫科人员厉声喊道："都坐下！"

众人这才明白过味儿，恐怕事情不那么简单，一个个都老实了。

严敏杰被带到林场保卫科，冯柏林当场提取了他的指纹，跟出入证上的指纹进行比对，认定同一。

连夜突审，起初严敏杰拒不认罪，待冯柏林亮出了出入证和指纹比对结果，他知道抵赖不过去了，终于承认女司机是他跟另一个叫陈斯的老乡合伙杀害的。两人抢走了出租车，去贵州卖了两万块钱，之后就分开了，现在陈斯在哪里，他也不知道。

严敏杰被押解回茹城，指认了萤石矿区的第一现场，又去湿地指认了第二现场，并交代了作案过程。

严敏杰跟陈斯在萤石矿区只干了一个月，觉得太累了，打算回老家去。找矿上结工钱，矿上说他们干了不到一个月，一分钱没有。他们心里很不痛快，当晚在附近的小饭店吃饭，喝了不少酒。陈斯说："我们怎么回去？总要搞点儿路费吧？"

严敏杰想了想："这好办，搞辆车开回去，省了路费，还能卖钱。"

借着酒劲儿，两人在路边拦出租车。那个地方比较偏僻，等了四十多分钟，才看到一辆空车过来。两个人上车后，发现是个女司机，觉得比较容易搞定。陈斯坐在副驾驶，严敏杰坐在后排，出租车刚驶出矿区，两人一前一后一起动手，控制住女司机，将提前准备好的毛巾塞进她嘴里，将她的手脚捆绑起来。

起初他们并没打算杀死司机,但陈斯见色起意,强暴过程中导致女司机窒息死亡。两人把女司机抬上车,开车到那片湿地抛尸。他们在贵州有个朋友是贩卖二手车的,就直接把车开过去卖了。

搞清楚案子的来龙去脉,菰城警方随即对陈斯展开追捕。陈斯自案发后一直去向不明,警方忙活了两个多月,也没发现他的行踪。不过,在多数办案民警们看来,这个案子办到这个程度已经算是不错了,能够拿下严敏杰,冯柏林功不可没,神探就是神探。

可冯柏林却一点儿也高兴不起来,他还在惦记着"沈记旅馆杀人案"。靠人工比对指纹,民警们在各地跑来跑去,疲于奔命,效率太低了。

为此,冯柏林专门去找李昂汇报了追踪严敏杰的过程,谈了自己的切身体会,建议菰城市公安局搞一套指纹比对系统,在电脑的指纹库里检索,不仅可以扩大检索范围,还能节省大量人力物力,对"沈记旅馆杀人案"的侦破必定大有助益。

李昂支持冯柏林的建议,但一套电子指纹识别系统需要上百万元,这可不是个小数目,党委会上能通过吗?

果然,党委会上,李昂把这事一提,大家都面面相觑。谁都知道这套设备的重要性,可如果市局拿出这笔钱,就会影响本年度常规工作的开展，商量来商量去，结果是暂时搁置。

听说了这个消息，冯柏林心里堵得慌。可实际情况是市局没钱，没钱就买不来设备。怎么能凑够这么一大笔钱呢？冯柏林绞尽脑汁。如果沿街乞讨能凑够钱，冯柏林都乐意。等等，沿街乞讨？冯柏林脑海里灵光一闪，乞讨不用，但没钱可以借啊，跟下面的分局借钱，尤其是繁华分局，"沈记旅馆杀人案"发生在他们辖区，他们的压力最大，那就多出点儿钱。

冯柏林决定"趁火打劫"，去找繁华分局商量，繁华分局的领导愿意出资支持这个项目。之后，冯柏林又请求其他几个分局出手相助。他是菰城市公安局的刑侦专家，各个分局都少不了他的支持，几位分局局长都很重视他的提议。就这样，几位分局领导主动找到李昂，表示"指纹比对系统对分局破案太重要了，勒紧腰带也要上"。

李昂再次在局党委会上提出引进指纹比对系统，局党委最终决定，市局出资一半，另一半资金由各分局承担。

只用了一个月，菰城市公安局的电子指纹比对系统安装调试成功。冯柏林迫不及待地将"沈记旅馆杀人案"中水杯上获取的指纹输入系统进行检索，遗憾的是，依旧没有找到匹配对象。

由于案发现场提取的指纹，大多有某种缺陷，不会太完整太清晰，需要人工操作，选择最稳定可靠的特征，输入电子指纹比对系统进行检索，大多数的初检结果，会有十几个甚至上百个相似的指纹，需要痕迹专家再进行人工比对，找到唯一吻合的那个指纹。当然，如果要比对的指纹没有录入指纹库，就不可能比对成功。

冯柏林心里疑惑，"沈记旅馆杀人案"的两名犯罪嫌疑人没有前科，还是没搜索到他们的指纹？

三

李昂召集专案组成员开了个碰头会，研究下一步的侦破方向。会上，冯柏林再一次梳理了案发现场勘查的情况，仍然坚持凶手一定有前科。他认为，凶手作案前准备充分，作案时手段极其残忍，杀人后并没有急着逃离现场，而是从容地抽烟、吃苹果，这种心理素质足以证明凶手并非初次作案，一定是惯犯。

至于电子指纹比对系统比对不出凶手的指纹，原因是多方面的：一是电子指纹比对系统还没有普及，全国公安机关在这方面都是刚刚起步，建立指纹库规模不大，而且这些指纹库多数都没有联网。再有一种可能，就是凶手过去作案多次，都没有留下指纹。不过，根据案发现场的情况分析，这种可能性不大，凶手在指纹方面并没有特别地警惕，否则就不会在旅馆的房间里留下那么多指纹和物证。

冯柏林建议，再搞一次大规模排查，到外省拥有电子指纹比对系统的公安局，请求他们协助。最终李昂拍板，将"95·11·29"专案组民警分成两个小组，分头行动。

"兄弟们，这次可是背水一战。省厅领导多次催问案情进展，我真的没法儿回答……拜托了！"李昂对大家双手抱拳。

冯柏林的心沉了一下。他知道李昂很信任自己，但愿这一次，自己能不让李局失望。

第二天，冯柏林和顾泽带队再次前往皖南，探长崔和平和乔青等人则去了皖北。在当地公安机关的协助下，专案组民警到监狱、看守所了解情况，寻找同类案件的犯罪嫌疑人进行指纹比对。

正值梅雨季节，多雨且闷热，民警们出去跑一天，回到住处时，衣服已经被汗水浸透了几次，后背上出现一片白花花的汗碱。由于出门带的换洗衣物有限，而且每天回来都累得像死狗，经常连衣服都不脱，倒在床上就睡了，三四天下来，人人浑身一股汗臭。吃饭就更是将就了，饿了就随便对付一口，每天就吃一顿饭是常事。

在皖南没有发现匹配的指纹，冯柏林和顾泽这一路扩大范围，上海、广东、云南、四川、新疆……几乎跑遍了大半个中国，只要哪里发生了与"沈记旅馆杀人案"手法、情节类似的案件，他们就跑去了解情况。专案组民警都相信冯柏林的判断，"沈记旅馆杀人案"的凶手必有前科，一定曾经在什么地方作过案，而且很可能再次作案。

专案组民警奋战了三个月，眼看就到国庆节了，李昂安排大家轮休，让一部分人回来过节。冯柏林在皖南接到通知后，跟大家商量谁走谁留，结果谁都不想回菰城。冯柏林就在纸条上分别写上"走"和"留"，揉成一团让大家抓阄。

顾泽抓了个"走"，觉得自己运气太差了，自己最年轻，本应该留下来的。正懊恼着，冯柏林悄悄把他拉到屋外，托他回菰城办件事，去医院替冯柏林看望住院的妻子。半个多月前，小舅子给冯柏林打电话，说姐姐因为急性肠炎住了院，让他赶紧回去。冯柏林是领队，不可能丢下大家自己跑回去，只得请小舅子暂时陪护妻子。再过两天就是妻子的生日了，冯柏林拜托顾泽买一束鲜花，代表自己去医院看望妻子，给她送上祝福。

"给她一个意外惊喜，让她看看，咱们刑警也有浪漫。"冯柏林说。

顾泽瞪大眼睛看了冯柏林半天，突然气愤地说："浪漫个屁！惊喜个屁！"

冯柏林是刑侦支队副支队长，顾泽作为刚入警一两年的"新兵蛋子"，居然这样跟冯柏林说话，事后他自己都觉得吃惊。不过，他当时真是气坏了，连蹦带跳跑进屋子里把这事跟大家说了，冯柏林拼命拽他也没拽住。

"你们评评理，谁应该回去？让我这个最年轻的回去，不是寒碜我吗？"

屋子里一下子安静下来，大家的目光都聚焦在冯柏林身上。一位老民警说："冯支，你这就不厚道了，说得挺好听，我们是兄弟，你把我们当兄弟了？弟妹住院，这种事怎么也不跟我们说一声？咱们刑警是有情感的人，不是冰冷的机器，总不能因为工作，连老婆孩子都不要了。"

其他民警也都说："还是冯支回去休假，好好陪嫂子几天。"

冯柏林心里很感动。这些日子，大伙儿跟着他不知跑了多少路，腿都跑肿了，皮肤晒黑了，没有一个发牢骚的，咬紧牙关跟着自己玩命。这次大排查是冯柏林提出来的，冯柏林真诚地对大家说："兄弟们，谢谢啦，我是组长，真不能走……"

刚才那位老民警打断了他的话："什么意思？你走了我们会偷懒？你组长怎么啦？组长不在我们就干不成了？"

其他几个人齐声附和。冯柏林明白大家的好意，既然都不肯走，那就再坚持几天，说不定明天就会有意外突破。然而，国庆节刚过，专案组突然接到命令，全体返回孤城，一分钟也不能耽误。

民警们都蒙了,这是什么情况?冯柏林的第一反应是,菰城又出命案了。

四

果然是命案,而且急等着冯柏林勘查现场。

谷越村桑麻地里发现一具五岁小女孩儿的尸体,遇害前遭凶手强暴。此事在当地引起极大恐慌,有些父母甚至不敢让自家孩子单独上学了。

当晚,冯柏林带队返回菰城。了解案情后,他知道自己又要忙了,连夜去医院看望妻子,确实给了妻子一个惊喜。

"哎哟,我见的是人是鬼啊?"妻子瞪大眼睛问。

"鬼。"冯柏林说着,把一捧鲜花放在妻子床头,俯身贴了一下妻子的脸,"对不起,我没时间照顾你,可能又有新案子了,明天……"

妻子费劲儿地坐起来:"谁也没责怪你,不用道歉,忙你的去。你们刑警是要争口气了,外面说什么的都有,我现在出门都不敢说自己老公是刑警,怕挨数落。"

妻子的话让冯柏林心里很不是滋味。

第二天,冯柏林对案发现场做了细致勘查,接着就是召开案情分析会。会前,李昂跟从外地回来的专案组成员打招呼："大家辛苦了。"

众人默默无语。他们心里都说，辛苦顶个屁用，案子没有一点儿进展。

坐定后，大家都不敢和李昂的目光对视，一个个或低头摆弄笔记本，或装着喝水。李昂看出了大家的情绪，笑了笑："葫芦没按下，又浮起瓢了，我这口气喘不上来了……"说着，李昂又是一阵咳嗽，"兵来将挡，水来土掩。案子复杂不怕，只要我们阵脚别乱。废话不多说，先说说眼下这个案子吧。"

三天前的下午，谷越村一位村民到当地派出所报案，他五岁的女儿中午出门玩耍，一直不见回来。派出所民警立即展开搜索。据村里人说，中午看到小女孩儿去了江边，民警怀疑小女孩儿在江边玩耍，不慎掉到水里，沿着江边寻找到深夜，没有任何发现。第二天，有个村民到自家桑麻地干活儿，发现了小女孩儿的尸体。

冯柏林首先介绍了尸检情况："死亡时间大约是中午1点至2点，女孩儿死前遭到强暴，身上有多处伤痕。后来走访得知，这个时间点，村民大多在午休，街面上的行人很少。初步推断，凶手应该是本村或附近村庄的，但现场没留下任何有价值的物证。"

李昂敲了敲桌子："沈记旅馆杀人案好歹还提取了指纹和鞋印，这案子倒好，什么都没有，大海捞针啊。那也得捞,我的意见,大家在附近村子排查,凡是案发时间点经过桑麻地、出入谷越村的,都要过筛子!"

谷越村靠近国道,有一些外来修路的民工住在村子旁边,民警们对这些民工反复过筛子,没有发现可疑的对象。

一周后,有人反映了一条重要线索,村里有一男一女两个小孩儿,曾经跟被害的小女孩儿在村外一起玩耍,有个男人走过来,说要带他们去买糖吃,这两个小孩儿没有去,只有被害的小女孩儿信以为真,跟着男人走了。

最初得到这个线索,民警们都很激动。可询问了两个小孩儿之后,又不由得泄气。两个小孩儿根本说不明白事情的经过,更说不清楚带走小女孩儿的男人的年龄和外貌,甚至对那男人穿什么衣服的说法都不一样。

排查了两周,没有进展,省厅派专家到菰城指导破案。菰城警方压力很大,刑侦支队全员出动,以谷越村为中心,对方圆五公里范围内的十几个村庄进行拉网式排查,但凡有前科的,哪怕只是偷过一只鸡也不放过,有性犯罪前科或者单身独居的男人,更是排查的重点。

邻村有个五十多岁的老光棍,因走路罗圈腿,外号叫"螃蟹"。案发当天,他去谷越村一个老姨家借钱,第二天就去杭州打工了。这个人引起了专案组的注意。根据村民提供的线索,"螃蟹"在杭州的建筑工地从事楼房的外墙装修。

专案组民警赶赴杭州,挨个儿建筑工地寻找,奔波了一周,终于在一个建筑工地找到了"螃蟹"。"螃蟹"承认他那天去过谷越村的老姨家借钱,出村的时候遇见一个开三轮车的熟人,搭乘他的三轮车回到家里。民警们找到了那个开三轮车的熟人,证实"螃蟹"没有说谎。

此外,还有些需要排查的重点人员,和"螃蟹"的情况类似,案发后出了远门。专案组民警分成七个组,跑了五六个省,逐个见面审查,折腾了小半年,还是竹篮打水一场空。

腊月二十八那天,李昂把冯柏林叫到办公室,盯着他的眼睛问:"你跟我说说,这案子下一步怎么办?"

冯柏林有些尴尬地问:"哪一个?旅馆案还是女童性侵案?"

李昂有些心烦地说:"女童性侵案。"

冯柏林抬眼看着天花板,不知道该怎么回答。

李昂使劲儿叹了一口气,摇摇头。

第六章　披着羊皮的狼或披着狼皮的羊

一

柳一沙带着女儿在上海私人医院做完手术，回家的第三天，村长喊柳一沙去村委会接电话，上海打来的。柳一沙的第一反应是医院来电话询问女儿手术后的情况。没想到，接过话筒，听到的却是王佳亮的声音。王佳亮告诉柳一沙，警察到上海的劳务市场找过他，就是他带女儿去上海治眼睛那几天。

"警察是不是盯上你啦？跟踪你到上海啦？没事别到处乱跑了！"

王佳亮的声音很小，柳一沙却如五雷轰顶，浑身的力气瞬间被吸走，连站立的力气都没有了。离开村长家的时候，他恍恍惚惚，招呼都忘了打。

回到家里，王淑兰见他脸色难看，犹豫着问："谁的电话？"

柳一沙不说话,径直上楼。楼梯上了一半,走到楼梯中央,想起应该有个解释,于是站住了。"王佳亮打来的,没大事,他要借给我两千块钱。手术都做完了,他想起借给我钱了,不稀罕。"说完,他继续上楼。

王淑兰信了:"他能想着就不错了,看样子他前些日子真的没钱。"

楼上的柳一沙没吭气,坐在桌子前发呆。提起钱,他突然想起那枚金戒指,赶忙钻进床底摸出来,琢磨放在哪里更安全。抬头看到天花板上的一条缝隙,又把戒指塞到了那里。

院外街道上传来一阵吵闹,他立刻警觉起来,侧耳谛听。待吵闹渐渐平息,他才发现后背已经被汗水湿透了。

母亲在世时,曾经拜过一尊菩萨。那是母亲托人从寺庙请回来的,也就酒瓶子那么大。自从家里请来了那尊菩萨,母亲变得开朗起来,哪怕父亲病重,家里没钱买药,哪怕父亲受病痛的折磨变得脾气暴躁,动不动就骂人摔东西,她也能淡定面对,心平气和地收拾残局。以前柳一沙不明白这尊菩萨对于母亲的意义,如今他想通了。母亲大字不识一个,都能找到精神寄托,自己是不是也该跟母亲学学。否则,这种煎熬的日子何时是个尽头?

母亲拜过的那尊菩萨,去年还在家里见过。柳一沙翻箱倒柜找出来,摆在书橱里,怕妻子看见,又用一本杂志挡在外面。

　　人闲了,就容易胡思乱想。柳一沙强迫自己写作,没白没黑地写,把二十四小时都填满,让自己没有闲暇去想别的事。

　　女儿刚做了手术,王淑兰没出去打工,留在家里照顾女儿。她希望柳一沙能出去打工,赔着小心跟他商量了几次,都被他拒绝了,说自己的价值就在于写作。"一个没有理想的人,如同行尸走肉,我要为自己的理想奋斗!"

　　话是这么说,但柳一沙心里明白,现在自己根本不配有理想,也没资格奋斗,自己就是一具行尸走肉。

　　柳一沙天天把自己关在房间里,有时王淑兰不放心,就偷偷从门缝朝里看。柳一沙发现了,简直怒不可遏。日子本来就过得心惊胆战的,还有人偷偷窥视,故意制造紧张气氛。他冲妻子吼:"看什么看!写作有什么好看的?"

　　大多数时候,他根本无心写作,干脆躺在床上,闭上眼睛,试图排除杂念,忘掉那个噩梦般的夜晚。这一幕被王淑兰看到了,终于抓到了证据,她推门而入:"分明在睡觉,怎么说是写东西?就是懒呗,还找借口!"

　　她不打招呼就闯进来,差点儿把柳一沙吓昏过去。待回过神来,他冲妻子大发雷霆:"滚出去!你再不打招呼就进屋,我打断你的腿!"

　　王淑兰眼含泪水转身出屋。她真的不明白,明明在睡觉,却说写东西,这么懒惰的男人,怎么让自己摊上了。

二

一晃又是三四个月。

女儿的视力急剧下降，两口子只好带着她去医院检查。医生说这是手术导致的，现在他们女儿的眼睛手术后变成畸形，视力降至零点零八左右。

柳一沙和妻子都傻眼了。不用问，私立医院那两个医生的技术不过关。就为了省两千块钱，没去正规医院，柳一沙后悔死了。他们带着女儿去上海找私立医院讨说法，医生却说手术后这个结果属于正常，自己没责任。

怎么会没责任？手术后的视力还不如手术前，医生能没责任？柳一沙气得骂娘，他跟王淑兰说："他们要是不管，我拿刀剁了他们！"

王淑兰撑了一句："就你那胆子，连鸡都不敢杀，还敢杀人？"

不敢杀人？柳一沙在心里冷笑："你看我敢不敢！"

王淑兰没注意到他的表情："我还不了解你？你就是披着狼皮的羊。"

柳一沙心里哆嗦了一下。披着狼皮的羊？才不是呢，我是披着羊皮的狼！"哼，兔子急了还咬人呢，我急了能吃人！"

"光说有什么用？他们不讲理，咱就去法院告他们！"王淑兰说着，盯着柳一沙，而柳一沙却转身走开了。

柳一沙被王淑兰说的"法院"打败了，那是他避之唯恐不及的地方，怎么能自投罗网？他不再跟王淑兰争辩，只有沉默。

可这是关系到女儿一辈子的事，再窝囊的人都要讨个说法。王淑兰说："刚刚还又要杀人又要放火的，怎么蔫儿了？去找个律师问问，这事该怎么办。"

柳一沙心里一千个不愿意，可女儿的眼睛给整坏了，当父亲的不闻不问，反而会引起别人的议论。他通过文友联系到县城里的一位律师，律师让他去办公室当面说，他吭哧半天，说自己没摩托车，去城里不方便，请律师到村旦来。

律师寻思，我帮你打官司，还让我去找你？但柳一沙的那个文友跟律师沾亲带故，给律师介绍柳一沙的时候，把柳一沙说成南县的"高尔基"，将来可能是了不起的人物。看在那个文友的面子上，他还是勉强答应了。

律师骑着摩托车到了村子里，听柳一沙介绍了情况，说这属于医疗事故，医院应该负全部责任，不但要给柳一沙的女儿进行手术修复，还要赔偿。柳一沙委托律师帮忙打这个官司，可听律师说要收取五千块钱的律师费，他犹豫了，打个官司要这么多钱？

律师解释说："这个案子要在上海法院立案，而且要去那家私立医院取证，非常麻烦。"

其实律师没忽悠他。五千块钱是办案的基本费用，律师一分钱也没多要。柳一沙问："能不能不去上海打官司？在咱们县不行吗？"

律师看出柳一沙没钱，想了想说："可以先在本县法院起诉，理由是你的女儿生活在本县，对她造成的伤害和影响也在本县范围，看上海那边有什么反应。"

"那就在咱们县法院起诉。你放心，官司打赢了，拿到赔偿，肯定给你律师费。"

"那倒不用。在本县起诉，就算我帮朋友忙，不收费。"不过，律师还是建议柳一沙先别急着打官司，"能协商最好，打官司是没办法的办法。"

"怎么协商？他们说现在的手术结果很正常，没他们的责任。"

"我先发一个律师函给他们，看他们怎么说。"

柳一沙没作声，但在心里发狠，如果对方死不认账，就跟他们拼命，反正自己身上已经背了人命，杀四个杀五个有什么区别？

律师函发出，那家医院给出的回复依然是和他们无关。得知这个消息，柳一沙计划去趟上海，他要手刃这几个无良医生，不让他们活着害人！可转念一想，手刃之后呢？女儿和妻子怎么办？想起母亲在神龛前虔诚跪拜的样子，他的心又软了。现在是家里最困难的时候，他不能走极端，他要想办法支撑这个家，即便没能力支撑，也不能再添乱了。

夜深人静，柳一沙挪开书橱上的杂志，匍匐在神像前，长跪不起。他要安抚内心的躁动，让这个风雨飘摇的家尽快回归正轨。当然，他也要安抚那股时刻纠缠着自己的阴冷气息，以便过几天正常人的日子。

协商无果，律师写了起诉书，状告那家私立医院的两名医生"人身损害"，县法院受理了。

官司打起来很磨人，无论你怎么焦急，法官不急。柳一沙以为递了起诉书，很快就会得到回复，可两三个月过去了，还在等通知。他不住地催问律师，律师烦了："有了消息能不告诉你？你以为法院是你家开的？你说让他们开庭就开庭？法院的案子一大堆，你这个案子根本不算什么，年底能开庭就谢天谢地了。"

柳一沙只能耐心等待。

打官司需要钱，王淑兰把孩子放在娘家，自己在外面打工。柳一沙一个人憋在家里，被恐惧和内疚交替折磨着。他读过很多侦探小说，知道自己随时都可能落网。警察怎么知道他去了上海？他可是很少出门的啊！

胡思乱想的时候，他觉得从窗帘缝隙里透进来的阳光都具有杀伤力。他时不时走到窗前，撩开窗帘的一角，向外面的大街上窥视，担心随时都会有警察来抓他。心情稍稍平静的时候，他又会想到在外打工的妻子，忍不住抽自己一个嘴巴。妻子想靠打拼改变命运，却不知道命运已无法改写。

如果自己死了，妻子和女儿会怎样？他不敢想下去。趁着自己还没死，要给妻子和女儿挣点儿钱，留下点儿什么，作为她们今后生活的保障。可除了写作，他没有任何生存技能。

靠写作也不是不能挣钱，地摊上那些情色加暴力的小说就卖得很火，过去他不屑一顾，但现在，他觉得这也是一条快速赚钱的途径。终于，他想好了一个题材——身背数条人命的美女作家。在等待法院消息的日子里，他就躲在家里写作。毕竟心里不平静，写得断断续续的，很费力气。他过去是个"快枪手"，一天能写六七千字，这回写了三个月，只写了五六万字，而且写着写着，就把自己的经历和感受写进去了。

他不敢写了，只能越来越久地跪在神像前，脑子里反复翻腾着：警察是不是还在找我？菰城到南县将近二百公里，警察不会找到这里吧？

有时候，他很绝望，觉得早晚有一天警察会抓到他。有时候却又有侥幸心理，警察不会别的事情都不干，专门破一个案子。听说破案是有期限的，过了期限，案子就会被搁置起来。这个期限是多少？一年还是两年？

太阳升起又落下，他数着天过日子，每过一天，都是逃过一劫。

三

进入腊月，柳一沙突然接到律师的电话，说法院通知12日过去，可能是开庭。柳一沙看了下日历，12日是下周一，还有五天。他的第一反应，怎么还有这么多天啊？

这五天确实难熬，柳一沙每天都会给书橱里的菩萨上香磕头，虔诚祷告，希望菩萨保佑自己此去安全顺利。

周一上午8点半开庭，柳一沙担心误了时间，周日下午就去了县城，去找给他介绍律师的那个文友，想在文友家里住一晚上，第二天可以从容地去法院。其实大可不必，早晨从村里出发，8点半赶到县城法院，时间上完全来得及，可他焦虑过度，对什么事都不放心。

文友曾和柳一沙一起办过文学刊物，关系不错。在文友心目中，柳一沙是成功者，是他的标杆。两人好久没见了，当晚文友请他喝酒。知道柳一沙酒量大，文友特意请自己的堂哥来陪酒。

两人去了一个小饭店，点好了下酒菜，等堂哥赶过来。没想到堂哥打来电话，说菰城市局来了几个警察，领导通知他去单位加班。

说者无心，听者有意，柳一沙吃惊地问："你堂哥是警察？"

文友随口说："在刑侦大队，是个中队长。"

柳一沙强作镇静，简单吃了几口饭，一滴酒没喝，推说自己身体不舒服，不在文友家住了。柳一沙的脸色确实不太好，文友关心地问他要不要去医院，柳一沙摆摆手，匆忙离去。

离开文友后，柳一沙立即去跟律师见面，也是说身体不舒服，明天不能出庭了。律师觉得有些突然："这种案子，你不出庭也可以，不过你要给我写个委托书。"

柳一沙在委托书上签了字，一分钟也不敢耽搁，慌慌张张离开县城。现在唯有家中二楼书橱里的菩萨，方能安抚他内心的恐惧。

菰城市公安局来的警察，正是冯柏林和顾泽等人。他们在皖南挨个儿县局比对指纹，文友的堂哥那里保存着一些指纹卡，领导就打电话让他回去加班。

第二天，柳一沙的律师去了法院，才知道不是开庭。上海医生的代理律师给南县法院来函，对这个案子的管辖权提出异议，认为应该由上海法院受理。也就是说，这个案子先要确定管辖权，才能开庭审理。

律师把这个情况告诉了柳一沙："下次开庭审理的是管辖权问题，你别管了，我出庭就行。"

柳一沙问律师："下次开庭要等多久？"

"至少要一两个月。"

"还要等一两个月？这样拖下去，能把人拖死！"在柳一沙看来，他能不能熬过一两个月都不好说，警察已经追到家门口了，他随时都可能被警察带走。

律师说："如果等不及，可以撤诉，直接去上海法院递交起诉书。不过，去上海打官司，我真的不能帮你了。"

律师确实有自己的难处，去上海起诉，柳一沙又不愿意掏律师费，他总不能自己掏钱替柳一沙打官司吧。

回到家里，王淑兰说："去上海起诉怕什么？有理走遍天下！"

她哪里知道，柳一沙连县城都不敢去，怎么走遍天下？菰城警察不仅去了上海，还来南县了，是不是找到了什么线索？他想让文友问一下堂哥，菰城公安到南县来干什么，却又怕此地无银，反倒引起怀疑。

他对王淑兰说："你去吧，我这几天忙着写东西。"

"请假扣工资，一天五十。你在家里闲着也是闲着，就不能去一趟？"

王淑兰说得在理，柳一沙无奈答应，却迟迟没去上海法院递交起诉书，一拖就是一个多月。这一个多月，他整夜睡不好，眼睛熬得红肿。即便是白天，他也把门关紧，拉上窗帘，屋子里香烟缭绕，只有这样，他才能得到片刻安宁。不过，只要听到外面有异样的动静，他就会立刻弹跳起来，没头苍蝇似的在屋里乱撞。

一天早上醒来,他惊骇地发现,枕头上有大片脱落的头发。一照镜子,头顶秃了一块,赫然露出了头皮。他悲观地想,照这样下去,自己怕是没多少日子活头了。再不抓紧时间打官司,怎么能拿到赔偿?拿不到赔偿,怎么给女儿治眼睛?必须在临死前给家庭做点儿事情,给妻子减轻一些负担。

抱着这样的心态,1997年春,柳一沙终于去上海的法院递交了起诉书。当然,他内心还是恐惧的。担心被认出来,他特意穿了一身很土的衣服,把自己打扮成农民模样。那尊菩萨也被他放进背包里,他不能没有依靠。

怕什么来什么,递交起诉状那天,他正要过马路,突然看见有个警察朝他走来。他本能地转身就要跑,正好撞在一辆自行车上。骑车的是个女孩儿,尖叫一声:"你怎么瞎跑啊?"

其实那个警察是交警,在路边查违章,并不是冲着他来的。柳一沙擦了一把冷汗,隔着背包按了按里面的神像,菩萨保佑……

递交了起诉状,当天柳一沙就回家了。接下来又是漫长的等待。还是那句话,你焦急法官不焦急。几个月过去了,如石沉大海,没一点儿音信。拖久了会不会耽误治疗?柳一沙和妻子都很焦急,希望法院早点儿开庭。

闲下来的日子，他仍旧是胡思乱想，白天想多了，晚上就做噩梦。有一天晚上，他梦见自己被警察抓住了，从村子里带走的时候，全村人都出来围观。那些警察的打扮，像是大宋时期的捕快，一个个留着大胡子，膀大腰圆的，手持大刀，怒目而视。妻子王淑兰手里牵着女儿，一步一步送到村头。他站住了，跟妻子说，如果还有来生，他一定好好挣钱，让她们母女过上好日子。王淑兰满脸泪水，说下辈子还会嫁给他。两个人一直说话，一直说话，太阳都偏西了，还有说不完的话。"警察"生气了，挥动手里的大刀喝道："太阳快落山了，再不上路，就地砍头！"然后，两个彪形大汉架起了他的胳膊，拖出了村口，身后是妻子和女儿的哭喊声。

从梦中惊醒，柳一沙第一时间打开书橱，给菩萨上了三炷香。他喜欢闻香火的味道，在这些缭绕的烟雾下他觉得自己是安全的，一切都不曾发生。

说起来，多亏女儿这个案子，才让柳一沙强打精神，胆战心惊地活下去。

案子来回折腾了一年半，最后一次开庭是1998年5月。柳一沙请不起律师，只能自己出庭跟对方强大的律师团队对峙。官司的胜负决定女儿的命运，也决定着这个家庭的命运。

他内心对于法庭有一种恐惧感，从进法院大门的安检开始，他的心就提到了嗓子眼。看到安检处的警察，他下意识地避开对方的目光。过了安检，走进法庭，看到在审判席端坐的法官，他更是心虚，落座的时候小心翼翼，不敢弄出一点儿响动。更夸张的是，庭审期间他总是走神，恍惚看到自己站在被告席接受审判。

庭审是怎么个过程，他稀里糊涂，从法院出来，只感觉后背湿漉漉的，衣服早就被汗水浸透了。

王淑兰在外打工，没去上海。得知柳一沙回来了，请假回家打听情况："你在法庭上怎么说的？法官都说了些什么？"

柳一沙想不起法官说了些什么，甚至连自己说过什么都忘了。他安慰妻子："你不用担心，明摆着的事实，又不是造假，这官司肯定赢，就是不知道能给多少赔偿金。"

"只要能把女儿的眼睛治好，一分钱不给都行。"

"修复手术肯定要做的，赔偿也要给，咱们县的律师说过，我们的两项诉求，法院都应该支持。"

王淑兰叹气："应该的事多着呢，不一定都成。再说了，律师没跟你去上海出庭，你一个人……也不一定说到点子上。"

柳一沙不高兴了："你不放心？那你怎么不去？这又不是演讲比赛，说得好听有用吗？事实明摆着，他们就是口吐莲花，还能把黑的说成白的？"

一个多月后，法院的判决书下来了。柳一沙的官司输了，他的两项诉求都没有得到法院的支持。

接到判决书的那天晚上，王淑兰一直在流泪，把责任都推到了法官身上，说法官偏袒。"他们都是上海人，欺负我们外地人，早晚要遭报应！"

柳一沙本来也是愤愤不平，可听到"报应"二字，忽然就蔫儿了，接踵而来的是心惊肉跳。王淑兰无意中给他打开了另外一扇窗，在这扇窗外面，他往日的恐惧是如此地微不足道，唯有"报应"变成了巨大的具有延续性的"蛊"，流进了他的血脉。从这一刻起，他和他的后代的血管里将流淌着这种浑浊可疑的血液，世世代代不得翻身。

柳一沙垮了。他顾不上王淑兰还在抱怨，逃上二楼，打开了书橱的门。眼下唯有观世音菩萨才能拯救他，平复他的恐惧。

四

王淑兰坚决不服判决，要求上诉。柳一沙为了消除心中的"蛊"，让"报应"消散，也要上诉。

当地媒体得知柳一沙打官司的事，觉得这是个新闻热点，纷纷跑来采访。然而，媒体的报道并没给柳一沙的官司带来转机，反而招来很多麻烦，不断有记者到家里打探事情进展，鼓动柳一沙把事情搞大，以便提供更多的新闻热点。

柳一沙感觉无论怎么挣扎，总是挣脱不掉一根看不见的绳子，这根绳子便是命运。从女儿做手术到法院打官司，陆陆续续花掉了六千多块钱，都是从亲友那里借来的。如果自己突然死了，这些债务都要落在妻子头上。

他又去找那位律师："这官司要打到什么时候？"

律师说："最快两年，最长……不好说，有可能七八年。"

"能赢吗？"

律师看着柳一沙迫切的目光，犹豫片刻，还是实话实说："我觉得没希望。你别骂法院，当初也是你没经验，没给女儿拍照，留下证据。法官认证据，证据不足，就不可能支持你的诉求。"

"就是说，不管打多久，我都不能赢？"

"还有一个办法可以试试，如果你能拿到省高法的医疗事故鉴定书，这案子还可以翻过来。"

柳一沙咬咬牙，也只能走这条路了。在律师的指点下，他带着女儿去了合肥，就住在二道街附近的农民旅社里。那位老乡作家距离旅社也就十分钟的路，他很想去拜访一下，快十年没见了，他有很多话想跟恩师说。可是，走到老乡作家的小院外，他又转身离开了。不仅仅是眼下的官司让他心烦，更重要的还是身上的命案，让他无法面对他的导师。

柳一沙接连跑了两趟合肥，最终也没从省高法拿到医疗事故鉴定书。问题还是出在证据上，手术前没有给柳一沙的女儿拍下眼部特写，也没有手术前的诊断材料，无法证明手术后的效果比原来更差。

柳一沙垂头丧气地又去找律师征求意见，准备再次上诉。律师说："你这事，通过正常的法律途径赢不了，如果你在上海有熟悉的领导，给相关部门打个招呼，让你和医院达成和解，估计你还能获得一些赔偿。"

除了王佳亮，柳一沙在上海连熟人都没有，更别提熟悉的领导了。正懊恼着，他脑子里突然一闪念，想起上海作协的一位老作家，如果这位老作家愿意帮忙，或许真能柳暗花明。

他抱着试试看的心态，给上海作协的老作家写了一封信，不知道对方的住址，信件直接寄到了上海市作家协会。还别说，那位老作家真收到信了，虽然不认识柳一沙，但毕竟是晚辈，是年轻作者，需要前辈的阳光雨露。更重要的是，柳一沙这封信写得字字血泪，句句叹息，让老作家感觉自己义不容辞。

对于这位既善良又有影响力的老作家来说，给有关单位打个招呼是举手之劳。他希望双方和解，拿出一个解决办法，既化解矛盾，节约公共资源，又帮助小作家排忧解难，两全其美。

有关部门还真挺重视，来回协调了几次。这期间，柳一沙跑了好几趟上海，到最后连路费都掏不起了。不过，包括王淑兰在内，都相信事情有转机了。柳一沙都想好了，事情解决后，他要专程去上海拜访那位老作家，当面给他深深鞠一躬。

世事难料。一家电视台拿柳一沙的案子做了期节目，对他女儿手术失败的情况进行了夸大描述，并且去上海那家私立医院进行暗访。节目播出后，那家私立医院声名扫地，很多热心市民纷纷把电话打过去，谴责他们视人命如儿戏，这样的医院谁还敢去？私立医院的院长十分恼火，让律师转告柳一沙，他宁可拿一百万打官司，也不会赔他一分钱。

这个结局让柳一沙目瞪口呆。他坐在家中二楼的书桌前，没有想象中的愤怒。他想起了王淑兰说的"报应"。是的，这就是报应！

这场官司，弄得柳一沙疲惫不堪，无论输赢，他都不想再折腾了。后来他还写了一篇文章，在当地报纸上刊发了。"这个官司一打好几年，每年跑上海十多趟，有时要依靠社会救助才能成行。"

有一天晚上，柳一沙又做了一个梦，梦见自己被带到法庭上审判，场景似乎就是他出庭的上海法院。法官当场宣布柳一沙所犯杀人罪证据不足，当庭释放。他兴奋地冲出法庭，在大街上当着众人脱下身上的一张羊皮，抛向空中大喊："我没有杀人，我不是披着羊皮的狼！"

他开始在大街上奔跑，用跨栏运动员的动作，从行驶的车辆上面飞跃过去，一辆又一辆，像是插上了翅膀。正兴奋着，突然遇到了一辆警车，他想飞跃过去，却觉得两腿发软，"扑通"一声撞在警车上。

醒来，他起身坐到书桌前，一直呆坐到天亮。生活还要继续，为了妻子和女儿。

柳一沙竭力调整心态，继续自己的梦想之旅。或许是特殊的心境和独到的人生体验，柳一沙这一时期的小说，具有了深度和韵味，尽管没有在正式刊物上刊发，但完成了必要的文学准备。

心静下来，柳一沙的脾气也好了许多。王淑兰感觉到了这种变化，更认定他以前的怪异行为都是因为给女儿治病引发的，虽然现在他还是沉默寡言，还是很少出门，但不再莫名其妙暴怒了。她试着说服他出去找份工作。"我不反对你写东西，但你写的东西赚不来钱，还是要找份工作，空闲时间写作。"停顿了一下，她看了看柳一沙的脸色，好像还算平静，继续说，"女儿这个样子，我们不再要个孩子了？再要个孩子的话，就要去挣钱。"

柳一沙突然抬起头："要孩子？一个我都够了，你想要的话，跟别人要去！"

那个噩梦般的夜晚已经过去三年了，警察并没有找到柳一沙。他心存侥幸，也许这个案子早就搁置起来了，就算自己是披着羊皮的狼，只要这张羊皮能披一辈子，那就披着吧。

第七章　梦想变成孙大圣

一

柳一沙忙着打官司这几年，"95·11·29"专案组几乎处于停滞状态，冯柏林几次想提醒李昂重启这个案子的侦破，却一直没张开嘴。刑侦支队被一个个新案弄得焦头烂额，确实腾不出力量。毕竟刚发生的命案需要在第一时间收集物证，第一时间找到有价值的线索，如果错过最佳破案时机，说不定也会变成悬案，那就得不偿失了。

女童被害案还没破，刑侦支队又接到报案，在河边的一条运输船上发现了两具尸体。

被害船主叫刘长安，六十岁左右，夫妻跑船，最近刚揽了个大买卖，给雇主运送建筑材料。今天一早，刘长安的一个亲友下田路过河边，看到运输船停靠在那里没有动静，也没在意。跑运输是个辛苦活儿，刘长安可能还没起床。等他从田里回来的时候，发现运输船还停在原地没动，就有点儿疑惑，过去一看，发现刘长安倒在血泊里……

　　这种大案，冯柏林肯定要亲自出马。船舱内一片狼藉，一张方桌上摆放着蛋糕盒以及碗筷，有一本书上面满是血迹。冯柏林推断，凶手在翻找钱财的时候，碰到这本书了。船主刘长安仰面倒在地上，遍体鳞伤。在运输船的底舱里发现了刘长安妻子的尸体，也是多处受伤。

　　勘查人员在现场找到了一把榔头，冯柏林心里咯噔一下。凶手使用的杀人工具跟"沈记旅馆杀人案"一样，都是榔头，而且作案手段相似，难道是那两个凶手又冒出来了？冯柏林小心翼翼地提取了现场的鞋印和指纹。

　　负责在周边搜索的民警也有重大发现。在距离运输船不远的岸边树林里，发现了一个拉链包，里面装有凶手杀人后丢弃的血衣。在距离运输船下游三公里的地方，发现了一艘三吨的水泥挂机船。冯柏林提取了船上的鞋印，与运输船上的鞋印相吻合。这艘水泥船应是凶手的作案工具，被遗弃后漂到了下游。

　　冯柏林分析，刘长安驾驶的是一艘运输船，犯罪嫌疑人选择空船时下手，是因为空船意味着已经送完货，船上有现金，很明显是图财害命。如果凶手跟刘长安不相识，那就属于流窜作案，侦破会比较吃力。如果跟船主相识，侦查范围就缩小了，梳理刘长安的社会关系就可能找到线索。

实施犯罪的凶手应为两人，但指纹与"沈记旅馆杀人案"的凶手对不上号。凶手在夜间驾驶水泥船靠近运输船，杀人抢劫后弃船潜逃。冯柏林在那艘水泥船上发现了很多有价值的物证。

案情分析会上，李昂问冯柏林："你认为突破口在哪里？"

冯柏林犹豫了一下。当初他信誓旦旦地说"沈记旅馆杀人案"三个月就能破，现在都过去一年多了，案子还处于挂账状态。冯柏林不敢把话说满了："先围绕水泥挂机船展开排查，弄清这艘船是哪里的，船主是谁，再确定下一步的侦破方向。犯罪嫌疑人将水泥挂机船丢弃了，说明这艘船是偷来的。"

办案民警分成两组，第一组梳理船主刘长安和妻子的社会关系，第二组围绕水泥船展开调查，寻找水泥船的船主。

两个组的侦查工作都比较顺利。第一组通过走访查知，刘长安跟一家砖厂的老板陈永海有经济纠纷，双方合作两三年了，账目一直没清理出来，砖厂老板陈永海说刘长安曾经拉走一船砖料，没有付款，刘长安却不认账，让陈永海拿出证据来。陈永海确实拿不出证据，曾诅咒刘长安迟早要船毁人亡。

陈永海被列为重点对象。民警去家里，家人说他去了杭州。警方怀疑他是故意躲了起来。

第一组前往杭州追踪陈永海的时候，第二组民警在江苏找到了船主。果然，这艘船是被偷走的，案发前一天，船主在当地派出所报了案。沿河走访，有人曾见过这艘水泥挂机船在岸边停靠，船上的人上岸买盒饭吃，但没人留意他们的长相衣着或其他特征。

这时候，传来一个令人震惊的消息，陈永海的女儿在家中遇害。

报案人就是陈永海。他上午从杭州回家，发现房门开着，喊了几声，却没有回应。走进女儿房间，发现女儿倒在地板上，已经死亡。冯柏林立即带领民警赶往陈永海家中。

陈永海的女儿二十一岁，长相漂亮，昨晚独自在家，死亡时间大约在晚上10点，死因是被凶手掐住脖颈，窒息身亡。死者没有遭到性侵，房间内有翻找的痕迹，但陈永海检查后说，家里没有丢失贵重物品。

冯柏林在现场提取到一个鞋印，在床头柜上提取到几枚清晰的指纹。让冯柏林失望的是，鞋印和指纹跟运输船上凶手留下的痕迹不符，也就是说，两起命案的凶手不是同一拨人。稍后，民警在当地一家商场找到了同款的鞋子。

凶手知道陈永海的女儿一个人在家，从正门进入，直接上了二楼，表明凶手熟悉陈永海家的情况。晚上10点多钟，周围已经很安静了，邻居却没有听到呼救声，屋内也没有搏斗的痕迹，说明女孩儿对凶手没有防范。凶手穿的鞋子在商场找到了同款，基本可以确定凶手就是本地人，并且跟死者相识。

陈永海女儿遇害跟船老板刘长安夫妻遇害是否有关联？案情越来越扑朔迷离。

二

警方对陈永海近期的行踪进行了还原，基本排除了他杀害刘长安夫妇的嫌疑。第二天，陈永海安葬了女儿，按照当地风俗，中午宴请了前来参加葬礼的亲朋好友。因为还有一些排查工作没有完成，冯柏林、乔青和顾泽等人也来到陈永海住的村子，找他的几个邻居了解情况。

陈永海家的亲朋好友很多，各种交通工具都停放在村头。冯柏林跟几个民警从村头走过，走着走着，他突然蹲下身，朝走在前面的几个人招手。乔青回头看到冯柏林脸上的表情，就知道他肯定有重大发现。

冯柏林指着泥土地上的一个鞋印，压抑着兴奋："你们看！"

乔青弯腰仔细瞅，立即明白了。这个鞋印不仅跟他们在陈永海女儿房间提取的鞋印同款，而且尺码相同。冯柏林确实有着不同于常人的敏锐，看似不动声色，其实身体的各个器官都像一台精密的仪器，随时捕捉有价值的信息。

几个人一起看着冯柏林，等待他下达命令。冯柏林冲大家微微点头，众人四散开来，分头寻找鞋印的去向。最终，追踪到村头停放的一辆自行车旁。自行车靠在一棵树干上，车轮上满是泥巴，可以断定是从乡下过来的。

几个人分散在周边路口，守株待兔。酒席散后，一个六十岁左右的乡下男人来到自行车旁，推起来要走。冯柏林瞅了一眼男人脚上的胶鞋，没错，就是在作案现场出现的那款鞋子。他给乔青打了个手势，几个民警围了上去。男人刚要抬腿上车，被乔青拦住，乔青亮出证件："老乡，我们是警察，跟你打听个事。"

男人愣怔片刻，紧张地点点头，跟着乔青走到冯柏林面前。冯柏林指着男人脚上的胶鞋："这双鞋是你的？"

男人有些疑惑："是我的，咋啦？我儿子买的，又不是偷的，问这干啥？"

"你儿子多大？"

听到问儿子，男人开始诉苦："二十三岁了，叫孙成，你说都这么大了，也不去找个正经活儿干，天天瞎混，什么时候是个头呀……"

冯柏林打断他的话："你们家住哪里？"

男人指了指前方："前面那个村子，离这儿不到十里路，我们两个村其实就像一个村。"

冯柏林顺着他手指的方向看去，除了尘土飞扬的土路，什么也看不到。他低下头看了看男人脚上的鞋子："你儿子平时也穿这种鞋吗？"

"穿，怎么不穿？他都不干活儿，还想穿啥样的？我们俩的鞋混着穿，反正脚一样大。"可能平时没人聊天，男人打开话匣子就收不住，还掏出口袋里的香烟往冯柏林跟前让。

冯柏林摆手拒绝："你儿子在哪儿？"

男人点燃了香烟，举目四顾，在散席的人群中寻找："他今天也来了，刚才我还看见他呢……"

冯柏林心里一凛，对乔青说："封锁现场！"

民警们立刻行动，参加陈永海女儿葬礼的亲友都被拦下来，却没找到孙成。接着对孙成家进行了搜查，在孙成的房间里提取了指纹，跟陈永海女儿房间提取的指纹进行比对，完全吻合。可以确定，孙成就是杀害陈永海女儿的凶手。

菰城警方撒开大网，全力缉拿孙成。这时候，冯柏林接到了李昂的电话："你在哪儿？"

"李局，我在下面派出所，还没找到孙成……"

"找孙成不是你的事，你赶紧回来跟我去看现场，又有案子了！"

这边案子刚有头绪，那边又发新案，冯柏林寻思，这算不算流年不利啊……

三

刑侦支队接到报案，菰城一家裁缝店的女老板被杀。冯柏林赶到现场，先向报案人了解情况。

报案人是死者的表妹，上午打电话给表姐，一直打不通，就到家里来找她，发现裁缝店的门没有上锁，但推不开，猜测是在里面上了门闩。表妹就在门外喊，喊了半天没动静，隐约感觉不妙，立即给派出所打电话报警。派出所民警赶到后，找开锁公司把门打开，发现房间内被翻腾得乱七八糟，表姐死在床上。

法医的尸检结果表明，受害人是被绳子勒死的，而且有四个月身孕。死者手心有一摊血，血量不少。冯柏林检查了她的身体，没有开放性伤口，只有鼻孔有血迹，推测她手心里的血是鼻血。既然屋子里面上了门闩，凶手只能从后窗出入。可后窗满是灰尘，找不到一枚指纹，而且现场没留下任何物证。

案情分析会上，冯柏林根据现场勘查情况作出判断，裁缝店杀人案跟陈永海女儿的死亡，虽然杀人方式不同，但有很多相同点，比如都不是流窜作案，凶手都是熟人，而且就在本市。

办案民警们窃窃私语。陈永海女儿被杀，案情基本清楚，他家的亲友孙成是杀人凶手。但怎么能肯定杀害裁缝店女老板的凶手也是熟人？

参加过"沈记旅馆杀人案"侦破的一位民警，有些不客气地提出了质疑，说道："冯支，我们知道你是刑侦专家，可也不能这么武断吧？'沈记旅馆杀人案'，你当时说不复杂，三个月内就可以破案，可现在……"

不等这位民警说完，李昂副局长就生气地打断了他的话："说这个案子，你扯那么远干啥？"

冯柏林有些尴尬，诚恳地说："沈记旅馆的案件，我始终认为现场勘查没有问题，提取的物证比较齐全，从理论上说，应该很快破案，但所有的案件都错综复杂，我们看到的东西，只是冰山一角。"

李昂挥挥手说："现在我们分析裁缝店的案子，说说你的推论。"

冯柏林给破案民警们展示了现场拍下的照片。裁缝店女老板身上没有开放性的伤口，只有鼻子有血迹，那么她手掌的那些血迹就是鼻孔流出来的。冯柏林说："合理推演，受害人跟凶手搏斗的时候，鼻子出血，她急忙用手捂住鼻子，因此血迹留在了手上。这说明凶手肯定是熟人，虽然弄破了她的鼻子，但她没有意识到对方打算要她的命，否则哪还顾得上捂鼻子？"

这个解释让众人信服。冯柏林接着说:"裁缝店的门从里面上了闩,按说凶手是从后窗进入的。但奇怪的是,后窗找不到脚印和指纹。其实还有另一种可能,凶手从前门进入,插上门闩,杀人后从后窗离去。如果真是从前门进入的,说明凶手跟死者比较熟悉。还有,尸检结果表明,受害人已有四个月身孕。但她并没有结婚,未婚先孕,她的死会不会跟腹中的胎儿有关?"

李昂听了冯柏林的分析,使劲儿拍了拍桌子,对民警们说:"冯柏林的推论很有道理,我完全赞同,立即围绕受害人的社会关系进行调查,尤其注意她身边的男性。"

在现场没找到指纹,冯柏林总觉得不甘心,他再次对现场进行了勘查。屋内后窗下面有个水槽,如果要从后窗出去,必须借助水槽才能攀爬。第一次勘查现场的时候,冯柏林就注意到那个水槽了,但在水槽周边并没有发现指纹。再次勘查的时候,他把身子探进水槽里,用手电筒照亮,仔细检查水槽内侧。就在他准备起身的时候,手电光映出了一枚指纹隐约的轮廓,等他趴下身子细看,指纹又消失了。他觉得奇怪,反复趴下再起来,终于明白了,这枚指纹需要适当的角度才可以看到。凶手果然是扒着水槽翻越后窗的。

冯柏林小心翼翼地提取了指纹。在指纹库里比对,并没有匹配到类似的指纹。不过,在围绕裁缝店女老板身边比较亲近的男性摸底排查时,一个叫邢玉方的男人浮出水面。他是一家私营服装厂的老板,据知情人透露,他跟裁缝店女老板是情人关系。

冯柏林联系了当地派出所,和派出所民警以检查安全生产为名去了邢玉方的服装厂。邢玉方不在厂子里,他的妻子接待了冯柏林和派出所民警。在邢玉方的办公室里,民警和老板娘闲聊,分散对方的注意力,冯柏林趁机在茶杯和水果刀柄上各提取了一枚指纹。

返回刑侦支队,冯柏林将邢玉芳的指纹和案件现场提取的指纹进行比对,最终认定统一,邢玉方就是杀害裁缝店女老板的凶手。

当天晚上,乔青、顾泽带队前去抓捕邢玉方。赶到邢家时,大院的门敞开着,房间亮着灯,只是不知道邢玉方在不在家里。顾泽进屋试探虚实,屋里只有邢玉方的岳父岳母。乔青查看大门口的车辙,发现一条新鲜的车辙印,表明邢玉方刚出门。

乔青判断邢玉方只是临时出门,并非听到风声溜掉了。于是大家在周围隐蔽,守株待兔。

晚上10点多钟,远处一辆面包车驶来,乔青示意大家做好抓捕准备。不料,面包车在距离民警的埋伏地点几十米处突然停下,接着,邢玉方下车了。

乔青心里一紧。什么情况?

原来是镇上的一个治安巡逻员出来查看情况,冷不丁跟邢玉方的面包车照面,来不及躲避了。还好,治安员反应挺快,大大方方地迎着面包车走上前,跟邢玉方打招呼。

邢玉方狐疑地看着治安员:"大晚上的,在这儿干啥?"

巡逻员心想我在这儿等你呢,嘴里却说:"巡逻呗,瞎逛。"

镇上每天晚上都有人沿街巡逻,这并不奇怪,奇怪的是今晚巡逻员穿戴得整整齐齐,像是有什么任务。邢玉方立刻警觉起来:"今晚有领导来检查?"

巡逻员心里咯噔一下,脸上却故作轻松,一边往街对面走一边说:"哪儿来的领导啊,你就是领导。"

尽管如此,邢玉方还是产生了怀疑。上车后,他边开车边给家里打了个电话,问今晚有没有人去找他。岳父说他出门的时候,镇上一位干部来过家里。

邢玉方的车已经开到门口,他敏锐地意识到附近可能有埋伏的警察,如果此时调转车头,警察马上就会围过来,他索性把面包车直接开进院子。

按照预案,邢玉方的车开进院子后,乔青等人趁他下车的时机冲进去将其抓捕。千算万算,却疏忽了一个细节,邢玉方家的大门是电动的,车子进院的瞬间,他快速摁下门锁,大门自动关闭,民警们被挡在大门之外。

显然,邢玉方已经发现警方的埋伏了。乔青指挥民警迅速将院子的前后出口堵住,以防邢玉方逃走。

邢玉方下车后，将一个工具包塞到车座下面，慌慌张张进了屋。外面的民警守了半天，不见院里有动静。跑是跑不掉的，但如果在屋里自杀了怎么办？乔青向院里喊话："邢玉方听着，你已经被包围了，投案自首是你唯一的出路！"

喊了几遍，院里仍旧没动静。民警们正准备强攻，院子的自动大门突然缓缓打开，同时屋里的灯光全部熄灭了。一眼望进去，院子里没有人影，只有那辆面包车静静地停着。

是故弄玄虚，还是有陷阱？拖得越久变数越大，乔青犹豫片刻，一挥手："两人一组，跟我上！"

几个人刚冲进院子，屋里的邢玉方引爆了面包车内的爆炸装置，一时间碎片飞溅，浓烟滚滚。幸好乔青他们已经从面包车旁边跑过去了，没人受伤。

担任外围警戒的顾泽听到爆炸声，忙绕过墙角，准备过去支援。就在这时，邢玉方趁着院内一片混乱，从房子的后窗跳出来。顾泽大喊一声："站住！警察！"

邢玉方快速起身，就要往旁边一条小胡同里钻。他万万没想到，小胡同里也埋伏了两名警察，不等他反应过来，已经被民警死死摁在地上。

连夜突审，没费多少口舌，邢玉方就招供了。他交代的作案过程，跟冯柏林的推演如出一辙。裁缝店女老板是邢玉方的情人，她肚子里的孩子就是邢玉方的。两人最初因业务来往相识，裁缝店女老板长得有些姿色，邢玉方想尽办法把她搞到手。起初两人感情挺好，邢玉方给了她很多帮助，但裁缝店女老板想让邢玉方跟妻子离婚，邢玉方坚决不答应。

邢玉方的服装厂，资金是岳父出的，他只有百分之三十的股份。况且妻子一家人对他不错，他和妻子还有一儿一女，怎么可能离婚？为此，两个人经常吵嘴，弄得邢玉方心烦意乱。不久，裁缝店女老板说她怀孕了，就算邢玉方不娶她，她也要把这个孩子生下来。

邢玉方心里明白，只要这个孩子生下来，裁缝店女老板一定会公开他们的关系，逼他离婚，到时候他可就狼狈了。思来想去，他决定铤而走险，除掉后患。

那天晚上，邢玉方去了裁缝店，是女老板开的门，他进屋后，女老板就把门闩上了。邢玉方跟女老板摊牌，给她二十万，让她去把孩子做掉。女老板不同意，邢玉方拿出一根事先准备好的绳子，威胁说如果她不把孩子做掉，就要她的命。女老板以为他在吓唬人，不但不害怕，还动手和他厮打。邢玉方下手不客气，把女老板的鼻子打破了。女老板急忙用手捂住，看见血，顿时头晕目眩，邢玉方趁机用绳子勒住了她的脖子……

邢玉方故意将屋内翻得乱七八糟，制造入室抢劫的假象，然后跳后窗离开。"我去的时候就想好了，从前门进，从后窗出。"邢玉方交代。

已经是早晨5点多钟了，负责讯问的民警全身几乎散架,眼睛也快睁不开了。刚打算休息一会儿,又传来孙成在本地一家歌厅被抓获的消息。民警们打起精神,接着讯问孙成。

孙成交代,他知道陈永海要去杭州办事,就想趁晚上去他家里弄点儿钱花,没想到陈永海的女儿那天在家住,被她看到了。她质问孙成半夜到家里来干什么,孙成谎称来找陈永海,陈永海的女儿不信,当场要给父亲打电话,孙成急了,扑上去掐住了她的脖子……

事后,他没事人一样参加了陈永海女儿的葬礼。当时,民警们正在村里排查,他还跟在村民后面看热闹,觉得警察不可能破案。直到看见民警围住了他父亲,才意识大事不妙,快速逃离了村子……

四

接连破获两起命案,冯柏林对案件的准确定性起到了关键作用,民警们对他们的冯支自然是推崇备至。但也有人不以为然,认为冯柏林只能破小案,"沈记旅馆杀人案"、女童被害案和刘长安夫妇被害案一个都没破,冯柏林要真有那么神,这三起大案还能挂账吗?

冯柏林听了这些议论,觉得有道理。这几个大案不破,别人管你叫"神探"的时候,你不脸红吗?

他心里憋着一股气,又去找李昂,请求再次启动"沈记旅馆杀人案"的侦破。"李局,这个案子不破,我都抬不起头来了。"

两名凶手入住沈记旅馆登记的时候,说他们来自衢州,但旅馆服务员丁筱信誓旦旦地说他们是宣城口音,因此,专案组跑得最多的地方就是皖南。冯柏林想,也许大家都被丁筱误导了,这两个凶手会不会真是衢州的?

1999年初,"沈记旅馆杀人案"的侦破再次启动,重点在衢州一带进行排查。这已经是专案组第四次重启了,从来没有一个案件让菰城民警如此割舍不下。

四年过去,原"95·11·29"专案组的民警有不少调到其他工作岗位了,李昂经过协调,将原班人马抽调回来。此时,贺国庆已是市局刑侦支队支队长,他带队直奔衢州,对衢州的监狱、看守所、拘留所重点过筛子,一干又是两个月。

李昂的决心很大,专案组的民警也很有信心,其间菰城发生两起命案,李昂没有像以往那样,又把专案组的骨干抽回去。专案组不受一切干扰,大有不破案誓不收兵的架势。然而,两个月过去,依然毫无收获,而菰城发生的两起新案也没有进展,被害家属指责刑侦支队办案力度不够。无奈,李昂只得召回专案组,集中优势兵力侦破新案。

专案组再一次铩羽而归。不幸的是,民警王新民因过度疲劳，在返回途中猝死在车上。下车的时候，王新民半天没动静，同车的民警还以为他睡着了，跟他开玩笑说："醒醒，你老婆来接你啦。"

喊了半天没有应答，顾泽推了他一下，这才发现他的身子已经僵硬了……

追悼会上，现场的民警哭成一片。冯柏林和专案组民警都没有眼泪，他们一个个脸色铁青，沉默不语。追悼会一结束，他们就投入到新案的侦破中，谁都不愿回家休息。

冯柏林听取了两起新案的现场勘查汇报，查看了现场的物证，其中一起浴室死亡案，冯柏林感觉似曾相识。

他想起两年前发生过的一起类似的案子。一个女人死在卧室的床上，屋内有刺鼻的煤气味儿，尸检结论是洗澡期间煤气中毒。但现场勘查发现，卧室的床上还睡过一个人，这个情况引起了警方的注意。民警围绕死者的社会关系进行调查，很快找到了那个男人。男人交代，当天晚上他确实住在女人家里，两人一起在浴室洗了澡。他先洗完出来，觉得有些头晕，就躺在床上，昏昏沉沉睡着了。醒来的时候，天快亮了，女人躺在他身边，竟然已经死了。男人吓坏了，穿好衣服匆匆离去。

很多人都不相信这个男人的话。女人洗澡煤气中毒，他为什么没事？是不是他设计谋杀了女人？但冯柏林通过现场重建，得出结论，男人没有说谎，女人是意外死亡。两个人洗澡期间煤气泄漏，谁都没意识到，男人觉得不舒服，率先走出浴室，昏昏沉沉躺在床上，相当于晕过去了。女人出来的时候也是头晕脑涨，曾在过道上摔倒——冯柏林在过道里发现了她摔倒的痕迹。但她依然没意识到是煤气中毒，以为是身体不舒服，休息一会儿就好了，于是吃力地爬到卧室的床上，躺在男人身边，这一睡过去就再没醒来。而男人的身体素质比女人好，睡了一晚，屋内的煤气渐渐散去，他居然没事。

眼下这起浴室死亡案，跟两年前的案子相似，也是煤气中毒，不同的是，女人死在浴缸里。冯柏林重新勘查现场，发现浴室有通风设备，按说不至于煤气中毒。再检查煤气罐，发现有轻微的移动过的痕迹。冯柏林问第一时间到现场勘查的法医，是否进行过尸检。法医说家属不同意尸检，尸体暂时放在殡仪馆保存。

赶到殡仪馆，得知家属把尸体拉走火化了。冯柏林急了，调头赶往火葬场。万幸，赶到火葬场时，家属还在办火化手续。尸体被拦截下来，死者的丈夫情绪激动，问为什么不能火化，总不能一直把尸体放在殡仪馆吧？

面对死者丈夫的无理取闹，民警果断将其拘押。尸体拉回去进行尸检，在女人的血液里发现了安眠药的成分。也就是说，女人是吃了安眠药才被放进浴缸的。在无可辩驳的证据面前，女人的丈夫供认，是他谋杀了妻子。

另一个案件是一起抢劫杀人案。遭抢劫的是一个路边商店，邻近国道，距附近的村子几百米远。死者是六十三岁的店主，晚上住在店里。现场发现一根铁棒，死者头上有两处被铁棒击打的伤口，但没有从铁棒上提取到凶手的指纹，凶手应该戴了手套。店内有搏斗的痕迹，货架上的物品掉在地上一片狼藉，现金被洗劫一空。

复勘现场时，冯柏林问店主的家人，除了现金，还少了其他东西没有。家人说出事后他们清点了商店里的物品，除了现金，什么都没丢失。走访群众时，有人向他反映，案发之前，大约是傍晚，曾看到三个陌生人到商店里买啤酒。这也不奇怪，商店靠近国道，来买东西的顾客不少都是附近工地的民工。

冯柏林站在商店门口，环顾四周，一片荒凉，远处的一座几十米高的水塔就显得很突兀。走近一看，水塔是用青砖砌的，早已废弃。在水塔底部，有一个小窑洞似的空间，正好可以容纳三个人。一个民警往里探头一看，惊喜地喊道："里面有啤酒瓶！"

从啤酒瓶上提取到两枚指纹。冯柏林推测，凶手傍晚去商店买啤酒，目的是踩点儿。为避免引起注意，他们买了几瓶啤酒，然后在水塔下藏身，边喝酒边观察商店的动静。天黑后，没什么顾客了，商店里只剩下六十多岁的店主，他们就开始行动了。

如果这个推理成立，那么凶手可能是附近工地的民工。案发当天傍晚，他们是步行去商店买啤酒的，没有交通工具，作案后，他们也许还会回到工地的住处。

警方对商店周边五公里范围内的十几个工地进行排查，在其中一个工地上匹配到相同的指纹，随之嫌疑人落网，命案告破。

又破获了两起命案，按说冯柏林应该高兴才对，但他仍旧一脸愁云，"沈记旅馆杀人案"至今没有线索，他高兴不起来。

郁闷的时候，冯柏林就去找李昂，探讨如何推进"沈记旅馆杀人案"的侦破。李昂让他缠得有些心烦，摊着双手对冯柏林说："我真想能有三头六臂，有孙猴子的七十二变和火眼金睛，把这些杀人凶手统统缉拿归案！"

其实，压力最大的还是李昂。旧案没破，新案又发，办公桌上的案卷越堆越高。

上世纪末，我国正处于社会大转型时期，刑事案件高发的现象在全国各地都很普遍，震惊全国的"白宝山案""张君案"，都发生在那个年月。仅1998年，菰城市就发生了五十多起重大刑事案件，因为警力有限，警用科技基础薄弱，其中很多案子都挂账了。

第八章　文字漂白的魔鬼人生

一

这些年，柳一沙像一只仓鼠，躲在二楼十平方米的房间里，过着黑白颠倒的日子。晚上跪拜菩萨，让心里得到片刻安宁，太阳升起的时候才敢关门睡觉，除了家人几乎不敢见任何外人。

惶惶地熬过了一天又一天，熬过了一年又一年，每天太阳照样升起。三五年后，习惯成自然，他心里的恐慌不那么强烈了。

2003年初，柳一沙开始试探着走出家门。那时候正赶上"非典"肆虐，全国各行各业的精力都集中在抗击"非典"上，公安队伍也不例外。居民居家不敢外出，大街小巷空旷了下来。柳一沙的心情放松了许多，在他看来，这个时候，警方已经无暇顾及案件了。

这天晚上，柳一沙打开书柜，不小心碰倒了菩萨像后面的书，连带那尊菩萨一起掉到地上。看着一地的瓷片，柳一沙内心的恐惧放大到了极致。这尊菩萨被他视为精神支柱，这些年他之所以能熬下来，都是因为它的存在。如今，它无缘无故摔碎了，肯定是不祥之兆。

柳一沙不由得浑身冒冷汗，那股很长时间不曾出现的阴冷气息，似乎又在向他逼近。呆愣半晌，柳一沙突然想起，村里人曾说过，九华山的寺庙很灵验，去九华山请一尊菩萨回来，肯定可以避邪。

他当即打定了主意，下楼告诉王淑兰："女儿从生下来就不顺，听说九华山挺灵验的，我去请个开了光的菩萨回来。"

"现在去？"王淑兰不放心，"'非典'这么厉害，万一染上，那可是要命的啊。等过了这阵儿再去不行吗？"

她哪里知道，柳一沙情愿染上"非典"，也不能失去菩萨的庇佑。柳一沙拎起包，说走就走。不料，被女儿看见了，抱着他的大腿要跟他出去玩。柳一沙从来不敢直视女儿的眼睛，那些丑陋的疤痕每每让他心如刀绞。他知道这是报应，无论跪拜多少次菩萨，都难以得到宽恕。

柳一沙硬下心肠把女儿推到一边，大步走出家门。

正值黄昏，晚霞铺满天边，绚丽得像出嫁的新娘。柳一沙感觉自己正在走进这场盛事，里面有米娜，还有如天空一样灿烂的生活。他冲动地伸出手，想去触摸天空。多希望那个可怕的夜晚没有发生，而现在，自己正以一个普通人的身份,奔赴星辰大海,奔赴内心的理想。这一刻,他整个人仿佛被净化了……

柳一沙不知不觉地流泪了,他不知道自己为什么会忽然变得这么脆弱,会忽然后悔已经发生过的事情,会忽然不再愤恨那些缠绕他的阴冷气息,会忽然想起死在自己榔头下的十二岁男孩……这一切难道是因为自己此刻对自由的深刻领悟吗?

街巷里冷冷清清,偶有行人,也是行色匆匆,戴着各式各样的口罩,真实面目都隐藏在口罩后面。柳一沙也戴着口罩,感觉从来没有过地踏实。

当晚,柳一沙坐上了开往省城的长途车,第二天下午赶到了九华山。自从踏上九华山那一刻起,柳一沙的心就一直在怦怦跳。他有些惶恐,尤其是走进巍峨的大雄宝殿,听到周围的诵经声,让他心中有一种莫名的冲动,禁不住久久匍匐在佛像前,泪流满面。

由于"非典"的缘故,来此朝拜的人很少。即使有人看见他这副样子,也不会诧异他的失态。在这里,听到诵经声伏地痛哭的大有人在,柳一沙不是第一个,也不会是最后一个。

终于,一个年轻的和尚把柳一沙扶起来。柳一沙的头已经磕出了血,年轻和尚帮他包扎伤口。即便在消毒的时候,柳一沙也没有摘下口罩。消毒水带来的刺疼感,让柳一沙恢复了平静。他意识到,在大庭广众之下失声痛哭,太危险了。

年轻和尚朝他施礼:"施主,到我们客堂喝杯茶吧。"

从年轻和尚给柳一沙消毒开始,深入血肉的消毒水带来的刺疼,已经让他恢复了冷静。他为自己在大庭广众之下失声痛哭而懊丧,这样做太危险了。

听到年轻和尚的邀请,柳一沙差点逃走。年轻和尚的温和从容,让他觉得里面隐藏着什么阴谋。现在还要带他去什么客堂,里面藏着警察也说不准呢!

柳一沙胡乱地还了个礼说:"不不,我就想问问,能不能从你们这儿买……请一尊菩萨回去。"

年轻和尚脸上一如既往地平静,并没有因被拒绝而浮现出任何不快的情绪,他依然柔和地给柳一沙指引说:"出了前面的月亮门左拐,有个服务中心,里面有。"

看到柳一沙急着离开,年轻和尚在后面说:"施主,拜菩萨即拜己心,善恶自有心辨,施主解开牢笼,放出心魔,立地成佛。"

柳一沙向年轻和尚表示感谢,继而问:"我能不能从你们这儿买……哦,请一尊菩萨回去?"

年轻和尚伸手给他指引方向:"出了前面的月亮门左拐,有个服务中心,里面有。"

柳一沙已经在后悔,担心给对方留下了太深的印象,匆匆向和尚指引的方向走去。身后传来和尚平和的声音:"施主,拜菩萨即拜己心,善恶自有心辨,愿施主解开牢笼,放出心魔,立地成佛。"

柳一沙心里一震,不由得停下脚步:"你怎么知道?"

和尚低眉顺目,语气淡然:"施主的额头就是答案。杀人者人恒杀之,伤己者万物践之。苦海无边,回头是岸。"

柳一沙更是震惊,他怎么知道我在想什么?我还能回头吗?柳一沙双手合十:"请教大师,怎么才能放出心魔,立地成佛?"

即便是柳一沙自己,也觉得这个问题过于模糊。其实他最希望和尚告诉自己的是,怎样才能夜夜睡安稳觉?怎样才能摆脱那股阴冷的气息?

和尚的面色沉静如水:"阿弥陀佛,请施主回答一个问题,杀人者和被杀者谁更痛苦?"

这个话题虽然让柳一沙心惊肉跳,可他还是脱口而出:"当然是被杀者了。"

"施主以为杀人者是胜者,岂不知杀人者比被杀者更加受煎熬。"说罢,和尚朝柳一沙深施一礼,转身离去。

细风轻起,草木微澜。柳一沙伫立在原地,呆望着和尚飘然而去的背影,回味着和尚刚才的话。杀人者比被杀者更加受煎熬……难道说,自己将永世不得超生?

二

柳一沙从九华山抱回了一尊观音像。回来的时候是中午，女儿正在家门口吹泡泡。阳光下，一串又一串五色斑斓的肥皂泡，就如同他的向往——走出去过正常人的日子。他把怀中的观音像抱得更紧了，向往再渺茫，也要努力去实现。

心静下来，他便开始规划自己的未来。妻子曾经劝他出去找份工作，说写作写不出钱来。现在想想，这话也有些道理，自己背着命案，真要写出名气，反而容易暴露，倒不如把写作当成爱好，不动声色地活着。

王佳亮也说过，这么大的中国，找一个人如同大海捞针，只要你别惹人注意。

柳一沙又戴上口罩去县城找他的文友。戴口罩真好，口罩就像假面，给了他一种安全感。

他跟文友们几年没见，但文友们并不十分想念他。他为女儿打官司的事文友们都知道，怕他借钱，都躲着他。这次柳一沙跟文友们见面，没提钱的事，而是跟大家打听哪里需要搞文字的人，他别的技能没有，也就是摆弄几个文字。一位文友告诉他，当地电视台要招聘合同工，但必须先参加电视台的培训，成绩合格才有资格竞聘。

柳一沙觉得这是一次绝好的机会，报名参加了培训班，并且以优异的成绩获得了"电视台编辑证"。满以为肯定能够在电视台的编辑招聘中胜出，没想到名落孙山。他去找电视台的领导，想问问自己为什么落选。领导告诉他，电视台编辑不仅是文字编辑，还需要编导方面的能力。领导建议："你的文字水平的确不错，可以开个作文补习班嘛。"

本是一句推托，柳一沙却如醍醐灌顶。对啊，以前怎么就没想到呢，现在的小孩子就怕写作文，这是一条赚钱的好路子。

毕竟身负命案，柳一沙反复斟酌。除了沈记旅馆的服务员和那几个桐庐商人，还有谁能认出自己？再说这么多年过去了，就算在大街上遇见，这些人也未必认得出来。他现在回想那几个桐庐商人的面孔，都是模糊的，估计那些人跟自己也差不多。

在县城开作文班，应该是安全的。

经过一段时间的筹备，"非典"疫情结束后，柳一沙在县城开办了"名人写作辅导速成班"。这个辅导速成班分两个学部，第一个学部开设了小学、初中、高中的课堂作文辅导，第二个学部"招收有志成为秘书、文员、记者、辩护师、企事业单位文案策划师及文学创作高手的各界人士"。招生广告上还介绍，辅导老师是"省级作家，毕业于中国唯一专门培养作家的高等学府——鲁迅文学院"。

迈出这一步，意味着柳一沙尝试着开始新的生活。

柳一沙是县城第一个开作文辅导班的人，他上过鲁迅文学院，又是南县当下文学成就最高的年轻人，他的作文辅导班自然很有吸引力。当然，他讲作文也很在行，孩子们确实有收获。

在孩子们的印象里，这位柳老师很少发脾气，不过，也难得露出笑容。课间休息时，他经常沉默地坐在那里，一支接一支地抽烟。

有一次，柳一沙让孩子们写记事作文《一件难忘的事》，有个男孩儿在作文中说，邻居有条狗总是对他狂吠，被他想办法弄死了。柳一沙的评价是："这就是你难忘的事？活在这个世界上，人首先要做美好的、有意义的事情！你小小年纪就这么残忍，长大了还不得去杀人啊……"

柳一沙的话戛然而止，他突然意识到，这不就是在说自己吗？自己做的事，是美好的、有意义的吗？如果不涉及金钱，他可以永远戴着温情的面纱，当一名好老师好邻居。可如果再次面对金钱，他不能保证会不会像自己说的那样，要具备人性的美好和善良。虽然他会整夜整夜跪拜菩萨，虽然"杀人者比被杀者更加受煎熬"，可当真的面临金钱的考验，他不知道自己人性中的恶会不会率先跑出来。

无端的一个小插曲，弄得他好几天心情抑郁，耳边总是响起一句话："你是披着羊皮的狼。"

虽然走出了家门，走出了村子，走到了阳光下，但他的心仍旧停留在阴影里，他的日子仍旧在似梦非梦中行走，在狼与羊之间纠结。

过去的十年，柳一沙是分成两部分看待的。一方面，他觉得那个罪恶的夜晚已经被历史的尘埃掩盖了，公安局的警察换了一茬儿又一茬儿，也许早就忘掉这个案子了。可另一方面，每当夜深人静，那股阴冷的气息时不时还会纠缠他。他可以把身子藏进老鼠洞里，却无处安放自己的心。九华山的和尚说过，"施主以为杀人者是胜者，岂不知杀人者比被杀者更加受煎熬"。书橱中的菩萨就是这种煎熬的见证。

柳一沙在县城租了房子，从九华山请回来的那尊菩萨也搬到了这里，陪着他度过了一个个煎熬的夜晚。

办作文班的同时，柳一沙也没有放弃写作，每个月至少要写一两篇散文，其中一部分在各类报刊上刊发。他不断对自己进行心理暗示，那个恐怖的夜晚只是一个梦，现实中从来没有发生过。

柳一沙脸上渐渐有了笑容，对王淑兰不再那么一脸怨气，偶尔回家，也能像夫妻那样聊聊天，夫妻俩一起规划这个家庭的未来。于是，王淑兰旧话重提，希望再生一个孩子。"我不是一定要生儿子，生个女孩儿也挺好。"

在王淑兰看来，女儿的眼睛不可能治好了，所以她想再生一个健健康康的孩子。柳一沙的态度也有了松动。起初他说家里的条件刚有些好转,过几年再说。但经不住王淑兰软磨硬泡,他也就同意了。确实,他的作文班缓解了这个家庭长期以来的窘迫状况,持续办下去的话,今后的日子会越来越好。

不过,他对妻子说:"你不在乎男孩儿女孩儿,可我在乎,最好能生个儿子。"

妻子笑着点点头。这么多年来,他们夫妻之间很少有这么温馨的时刻。

"沈记旅馆杀人案"发生后第十年,王淑兰又生了一个孩子,而且遂了柳一沙的心愿,是个男孩儿。柳一沙很开心,对王淑兰说:"我过去写的文章都不行,这才是我真正的大作品。"

自从王淑兰怀孕后,多年不登门的小舅子和小姨子都主动来看望姐姐,见了柳一沙,也都满脸笑容地喊"姐夫"。随着儿子的降生,柳一沙的家庭氛围也跟着变了。

儿子出生一百天,按照当地风俗,应当摆酒席,请亲友到家里做客。柳一沙说太麻烦,自己办作文班忙得很,没时间张罗。王淑兰不高兴了:"哪有孩子百天不办酒席的?不让村里人笑话?"

柳一沙说:"让他们笑话去,反正我没时间。"

柳一沙办作文班确实很忙,平时住城里,很少回村子。

他也很少跟过去那些文友来往,讲课之外的时间,就待在屋里看书写作。他心里那根弦始终绷着,尽可能远离人群,远离别人的目光。

王淑兰始终放不下这事,跟妹妹念叨。妹妹说:"他忙他的,我们来张罗。"

王淑兰生了个儿子,她的父母最高兴,觉得女儿的日子有盼头了。百日宴这天,他们邀请了多年不走动的亲友,在柳一沙家的一楼客厅搞了三桌酒席。

之所以搞这么隆重,主要还是为了王淑兰考虑。这些年来,柳一沙连岳父家都不走动,更别说其他亲友了,亲友们也基本跟柳一沙断了来往。但柳一沙需要钱的时候,又都是向亲友们借的,这份情不能忘了。王淑兰的弟弟妹妹就想借着给外甥过百日的大喜日子,让姐夫给亲友们敬杯酒,算是给大家赔礼,以后照样走动。

他们设计得挺好,但柳一沙不按套路出牌,酒席开始没多会儿,他都没给岳父敬酒,就借口城里还有事,撇下众人独自走了。王淑兰的弟弟王炳义气得脸色铁青,王淑兰忙给他使眼色,低声说:"你帮姐夫敬两杯吧。"

王炳义无奈,为了姐姐,他再不情愿也要忍着。柳一沙此举,也让亲友们议论纷纷。原本好好一个人,怎么会变成这样?说来说去,最后都归结于"作家"的身份,似乎作家是火星来的,跟他们不是一个品种。既然如此,柳一沙行为怪异，也就没必要按常人的标准计较了。这样想着，亲友们也就释然了。

儿子出生后的第二年清明，柳一沙特意去拜祭父亲，告诉他这个好消息。他边烧纸钱边念念有词："老爹，你有孙子了，我算是完成任务了，老柳家有继香火的人了……"

其实柳一沙还有个叔叔，但这个叔叔一辈子单身，也就没留下后人。

走完祭祀程序，柳一沙收拾东西准备离开，无意中目光落在附近一个小山坡上，那里有一座孤零零的坟茔，因多年无人拜祭，被野草覆盖，不细看都分辨不出来了。

这里长眠着一位烈士。柳一沙记得，上小学的时候，老师带着同学们来这里献过花圈，讲述烈士的故事，很多同学都哭了，其中自然也包括柳一沙。当时柳一沙举着拳头宣誓，要做烈士的接班人。

他想，烈士家里可能早没后人了，断了香火。这样想着，就不由自主地走过去，将剩下的一些纸钱，在烈士坟墓前焚烧了。

儿子的出生给柳一沙带来了好运。就在这一年，他的第一部小说集由国内知名出版社出版。那本书的编辑是柳一沙的"伯乐"，慧眼识珠，帮助柳一沙把其他刊物退了十多次的小说发表了。

小说集收录了柳一沙的二十多个中短篇小说。柳一沙在后记中说,其中短篇小说十二篇,"幺二"的谐音是"要爱",就是要有爱心。

柳一沙有儿子了,所以想到了爱心。但他从来没想过,那个被他杀害的山东商人也有一个年幼的儿子,惨案之后,只能跟着奶奶生活,十一二岁就辍学打工,艰难生存;还有被他杀害的小男孩儿的父母,从此精神恍惚,生不如死……柳一沙向菩萨跪拜,只是为了抚平自己的恐惧,却没有丝毫对受害人的忏悔。

应该说,这部短篇小说集中,有几篇写得很有才气。比如《江边的少年》,写了一个出身农村的高中生试图通过高考改变自己的人生,却碰得头破血流,完全是自己少年时代的写照。再比如《满月》,写了一个渴望爱情,最终却被世俗和传统打败的女孩子,也许,这个女孩子就是他记忆中的米娜……

小说集出版后,获得了省里一个比较有含金量的奖项,而柳一沙则成为本市第一个获得该奖的"农民作家"。媒体记者要采访柳一沙,大多被他婉拒。记者们以为柳一沙为人低调,哪知道他心里很慌张,知道自己是"披着羊皮的狼",万一上了电视被人认出来,那就得不偿失了。

那个噩梦般的夜晚尽管已过去十多年,但他还是很谨慎,出书的时候,责任编辑管他要照片,他专门挑了一张跟自己差距比较大的。柳一沙发表文章,用的都是笔名,而且好几个笔名换来换去地用,都是出于同样的心理。如果单是为了写出名气,这么做肯定适得其反,柳一沙也明白这个道理,但他害怕被扒掉身上的"羊皮",只得如此。

三

市文艺评论家协会和南县作协为柳一沙举办了作品研讨会,参会的多是当地文学界的头面人物。就是在这个研讨会上,万小青走进了柳一沙的生活。

万小青是本市文化路小学的一名语文老师,酷爱读小说,也尝试着创作,可一次也没发表过。她把柳一沙的小说集翻来覆去看,作者简介上的照片有空就端详。能把平凡的日常生活写出如此韵味,这个作者真是太厉害了。在研讨会上遇到柳一沙后,她毫不掩饰地问柳一沙要电话号码。

现实中的柳一沙比照片上眉清目秀,还有些许的羞涩。犹豫了片刻,他才把自己的号码写下来,还不忘叮嘱万小青:"不要随便给别人。"

万小青忙不迭点头:"不会的,不会的,柳老师,您放心。"

研讨会上,柳一沙在发言中阐述了自己对小说的理解,万小青心服口服,对柳一沙越来越崇拜,看着柳一沙的眼神也越来越软。

会后,柳一沙不露痕迹地从后门离开。这个举动在万小青看来,是既有才华又低调,更是让人钦佩。她赶紧追了上去。

听到万小青喊自己,柳一沙停住了脚步。

面对万小青的热情,柳一沙却没有想跟对方交流的欲望,不想让自己的生活介入过多不相干的人。他的一脸寡淡,反倒更加激起了万小青的好奇心。她伸手抽出柳一沙夹在腋下的书和文稿,随意翻了几页,抬头看着柳一沙:"柳老师,您住哪儿呀?"

柳一沙对万小青的这种自来熟有些不适应,想拿回书和文稿,刚抬起手,又缩回去了。从小到大,除了王淑兰和米娜,他跟同龄异性几乎没有任何交往。如今他和王淑兰之间只剩下日常的琐碎,而米娜,更是早已化为一缕薄雾,在他的心里渐渐淡去。面对眼前这么一个青春活泼的女孩子,他有点儿不知所措。

柳一沙的迟疑让万小青看到了希望:"柳老师,晚上我请您吃饭吧。"

"好意心领,我晚上还有事。"

柳一沙想转身离开,万小青却一把拽住了他的衣袖。柳一沙顿时一个激灵,下意识地反手挥开,差点儿把万小青甩个趔趄。万小青目瞪口呆,万万想不到,自己一个撒娇的动作，却引来如此强烈的反应。

其实不只是万小青，平时在家里，他也不允许王淑兰跟他动手动脚。自从那个夜晚以后，他最讨厌也最害怕的就是身体上的接触，尤其是外人，不管是开玩笑还是撒娇，他都觉得是对自己的冒犯。

但眼下的情况不一样，柳一沙意识到自己反应过度了。为了表示歉意，他只得答应和万小青一起吃饭。

这顿饭他吃得味同嚼蜡，万小青倒是很兴奋，不停地给柳一沙夹菜，请教他小说的写作技巧，希望柳一沙收她当学生。柳一沙摇摇头："古人都说小说是'君子不学'，我看你还是写散文吧，散文是贵族化的东西。"

柳一沙心里清楚，在他和万小青之间，有一道高山一条长河阻隔着，他即便能翻过那座山，也没力气蹚过那条河。他已经没有资格也没有心境追求女孩子了，他现在唯一的希望，就是小心翼翼地活着。爱情对于他来说，是奢侈品，更何况是婚外情。他不想自找麻烦，一不小心把外界的目光吸引到自己身上，那他就真的完蛋了。

想通了，柳一沙反倒踏实了，没有了之前的窘迫和局促。他问万小青吃得怎么样，还要不要加点儿别的。柳一沙的转变让万小青看不懂，可她还是说，吃饱了。柳一沙等的就是这句话，他赶紧起身去结账。看着他的背影，万小青的眉头皱紧了，这是个怎样的男人啊，外表就是个文弱的书生，可接触起来怎么像深不见底的潭水。

在饭店门口，柳一沙跟万小青分手了。万小青邀请他一起去看电影，他看了一眼手表，说晚上有作文补习班。这是实话，而且快到上课的时间了，不管万小青有什么反应，他头也不回地走了。

万小青犹豫一下，快步跟了上去。她也听了补习班的课，像个学生一样坐在最后面。好不容易碰到的机会，她不想轻易放弃。

下课后，万小青邀请柳一沙一起走走，柳一沙再也找不到什么理由推辞了，心不在焉地陪着万小青在清江边漫步。万小青提出很多文学创作方面的问题，柳一沙耐着性子一一解答。走了个把钟头，柳一沙站住了，说要回去写作。他担心如果自己不开口，万小青会一直走下去，走到天亮。

不过，柳一沙也没说谎，他确实是急着回去写作，小说集获奖后，他的创作欲正盛。

刚回到住处，他就收到万小青的短信，还是向他请教写作问题。"柳老师，好多人说，你的小说写的就是你自己。小说中真有你的影子吗?《江边的少年》中的主人公，是你吗?"

万小青的这个问题，对于柳一沙来说，真是太有感触了。小说中当然不可避免地有创作者自己的影子，但又不可能完全真实。柳一沙背上命案后，在生活中变成了"装在套子里的人"，但他的心境，在作品里多少是有流露的。

两人就着这个话题聊下去，柳一沙尽可能展现出南县"文学第一人"的风采。他一个人住在县城，除了教课和写作，也需要和别人交流。

这样的短信互动持续了一段时间，渐渐地，万小青的话题从文学转移到情感，让柳一沙心里起了波澜。但他始终没有忘记自己是"披着羊皮的狼"，他不配拥有这些浪漫，同时意识到这样的短信聊天持续下去非常危险。他不希望有人走进他的内心，因为里面藏着一个魔鬼。

柳一沙无法回答万小青一个个情感问题，更无法面对一个个选答题，于是生硬地拒绝万小青："我需要安静写作，请不要给我发短信了。"

万小青并不在意柳一沙的冷淡，甚至还有点儿兴奋，她认为自己已经触碰到了柳一沙内心的柔软地带，这时候怎么能半途而废？面对万小青无休无止的纠缠，柳一沙心烦意乱："请不要打扰我的创作，扰乱我的生活，我就是一个普通的乡下农民，就是《满月》里的那个小木匠。"

《满月》里的小木匠，是一个没有勇气打破现状的老实人。

柳一沙的刻意回避，反倒让万小青有了猫逗老鼠的乐趣。她询问柳一沙住在哪里，有空要去家里拜访他。柳一沙一阵惶恐，他在县城的住处从来不告诉别人。

他在县城租房住，不仅是为了办作文补习班方便，也是为了躲避妻子王淑兰。按说儿子还小，他应该留在妻子身边，跟她一起照顾儿子，可儿子出生后，两个人在家庭里的地位发生了逆转，王淑兰一夜间成了皇后，经常对他指手画脚。过去她埋怨他总窝在家里不出门，现在他出门了，又埋怨他花钱请朋友吃饭太浪费。总之，他干点儿什么事，她都看不惯，都要数落一番。他反而要时时处处小心翼翼，以免引起口舌之争。

惹不起，躲得起，柳一沙干脆借口办补习班，搬到县城躲清净。

柳一沙当然不会告诉万小青自己住在哪里，也不再给她回短信了。最近，他开始构思一部长篇侦探小说。他听说这类小说卖版权很抢手，如果这部小说能卖出去，就可以给女儿的眼睛再做一次手术。

因为同时要上课，他的写作进度就受了影响。加之内心敏感，每写一章都要反复审视，反复修改，改来改去，改得面目全非。

这天晚上，他正在写新的一章："男主人公追查杀人犯，到了一个城中村，夜幕降临，他在巷子里面绕来绕去寻找出路，而杀人犯正在一扇窗户后面盯着他。"

突然，外面响起了敲门声。柳一沙手中的笔哆嗦了一下，身子僵住了，甚至连眼睛都没眨，他面无表情地坐在那里，等候再次的敲门声。这么晚了，会是谁？按说没人知道自己住在这里，连王淑兰都不知道。

是不是敲错门了？会不会是警察？

间隔时间不长，敲门声再次响起。柳一沙蹑手蹑脚走到门口，感觉门外似乎只有一个人。至少不是警察，警察来的话，就不是一个人了。屋里开着灯，窗外能看见，不应声是不行的。他壮着胆子问："谁啊？"

"柳老师，是我，万小青。"

僵硬的身子刹那间松弛下来，随之而来的是恼怒。这个女人怎么这么拎不清？半夜三更出来吓人，差点儿把自己的魂吓掉。他恨不得拎起木棒出去暴打万小青一顿。当然，只能是想想而已。

他没有马上开门，尽力平复自己的情绪："这么晚了，你来有事吗？"

"柳老师，开门啊……"万小青的呼吸声很重，说话含混不清，像是喝酒了。

柳一沙犹豫着把门拉开了一条缝，满身酒气的万小青扶着门框站在那里，身子晃晃悠悠的不稳当。他机警地朝两边看了看，然后把门打开，一声没吭，冷冷地看着她。浑身酒气的万小青就势扑到他怀里，嘴里还嘟囔着："给我口水喝……"

夜已深，四下静悄悄的，只有路灯散发着昏黄的光。柳一沙半扶半抱，把万小青弄进屋里，让她坐到椅子上，又回身把门关严。万小青以为他关上门之后会来照顾自己，没想到，柳一沙却坐回书桌前，继续埋头写东西，仿佛已经把她给忘了。

她感觉胸中有团火在燃烧，烧得她口干舌燥。挣扎着站起身，她歪歪斜斜地在简陋的屋子转了一圈，最后站到了柳一沙的身边。台灯下的柳一沙散发出拒人千里之外的冷漠气质，他正漠然地写着稿子，仿佛忘掉了万小青。

万小青踉踉跄跄地走过去，拿起他案头的水杯。柳一沙没吭声，冷冷地看着她一通猛灌，并把稿纸挪到一边，以免她失手把水洒到上面。

等万小青把水杯放下，柳一沙开口了："你怎么知道我住这里？"

万小青笑了，带着酒意的万小青笑起来十分妩媚，柳一沙的心动了一下。万小青又踉踉跄跄走了几步，坐回椅子上。"那天我们分手后，我跟着你到这里的。"

柳一沙打了个冷战，他居然没有发现万小青的跟踪。他的脸上结了一层冰："为什么跟踪我？"

万小青朝他挥了挥手："你过来，我告诉你。"

柳一沙谨慎地站起身，来到万小青身边。万小青往他身上一靠："我喜欢你……"

万小青嘴里带有酒味的热气哈到柳一沙耳边，柳一沙浑身一震,差点儿不能自持。他闭上眼睛,强迫自己冷静下来,暗暗对自己说:这样下去会害死你的,柳一沙!

万小青没想到,自己投怀送抱,柳一沙却无动于衷。她恼恨地站起身走到门口,一把推开屋门:"好,我这就走……不打扰你了……"

万小青的语气里带有水汽,那是一种女孩子受到委屈的娇嗔和责怪。其实她在期待柳一沙把她拽回来,然后给她相应的安慰。

柳一沙一动没动,怔怔地看着万小青长长的马尾辫,还有即将消失在门口的窈窕背影。他极力遏制住想要拉住她的冲动。这一刻,他真想把她抱在怀里。这是多年来他唯一一次对一个女人心动。然而,他也清醒地意识到,自己和万小青之间,什么也不可能发生。否则,自己会死无葬身之地。这样想着,他的心肠又硬起来。

万小青忽然蹲下身一阵干呕。柳一沙皱起了眉头。他上前一步,不是扶万小青,而是绕过她出了门。

自从上次分手后,万小青又是打电话又是发短信,柳一沙都不理不睬的。万小青从来没有被这么嫌弃过,在学校里,那么多单身或者不单身的男老师向她示好,都被她拒绝了,想不到遇见柳一沙,会被这样无视。今晚,万小青喝酒壮胆,就是要找柳一沙讨个说法。

汽车的灯光由远及近,很快,一辆小车在门口停下。万小青没有理会，她打定主意，等柳一沙回来跟他谈谈。车门打开，从车里下来的居然是柳一沙。柳一沙对她说："车来了，走吧。"

万小青没听明白："什么车来了？"

迎着万小青茫然的目光，柳一沙不耐烦地说："出租车。"

这么晚了，柳一沙实在不愿意跟万小青纠缠不清，要是被邻居看见，以后还怎么在这里住！

万小青终于泪眼婆娑地上了车。她不敢相信，世界上居然有这么无情无义的男人。

送走万小青，柳一沙也没心情写作了。他打开书橱，搬出观音像，又燃起几炷香，跪倒在佛像前。这种无爱无情的日子要伴随自己一辈子吗？他不爱自己，不爱眼下的日子，更不能爱万小青，活着的意义在哪里？

一夜未眠。抽屉里的一筒线香燃尽，天也亮了。他以为他跟万小青之间已经画上了句号，可他一打开屋门，万小青竟然站在门口，手里拎着一袋小笼包，笑吟吟的，好像昨晚什么也没有发生过。晨曦中的万小青已经没有了醉意，干净单纯得像一株小白杨。柳一沙这一刻对自己的厌恶达到了顶峰，他感觉自己无比肮脏和丑恶。

柳一沙目瞪口呆的时候，万小青已经进了屋，像个家庭主妇一样烧水拿碗筷。柳一沙缓过神来，大步走过去，从她手里夺下碗摔在地上。万小青看着瓷碗变成碎片在地上四下溅开，像一朵盛开的花朵瞬时凋零了。看着一地的碎片，万小青脸上的笑容瞬间凋零……

两人是一起出的门。万小青要去学校，柳一沙要去补习班，不但同路，还上了同一辆公交车。一路上，他们都没有说话，就像陌生人那样疏离。公交车上人很多，柳一沙跟万小青相距不远，中间却隔着无数人头。

不知什么时候下起了雨，豆大的雨点在车窗玻璃上留下一个个沉重的印痕，转瞬间，窗外就变得一片朦胧。柳一沙盯着窗外的雨，心思不知飘到了何方。万小青怎么跟人起的冲突，他压根儿没注意到。平时遇到路人的争吵或者口角，他躲都来不及——这会引来他人注目，甚至引来警察，这是他的大忌。

直到听到万小青的尖叫，他才意识到出事了，被迫把注意力从车窗上转移到车厢里。

"你拽我头发干吗?!"是万小青愤怒的声音。

男人的嗓门更大："你眼瞎吗？踩到别人的脚不道歉，还使劲碾，不打你打谁？"

人群立刻炸开了，无数只手和人头在晃动，有拉架的，有起哄的，有人喊打110的……柳一沙的心里跳得嗵嗵乱响。慌乱中，他看到万小青伸着脖子求助似的朝他这边看，满眼都是泪光。柳一沙的心跳得嗵嗵响，这种时候，他绝不

183

能出头，于是，他又把目光移向了窗外。

车厢里乱成一锅粥，不得已，司机把车停下来。柳一沙趁乱跳下车，不顾外面下着大雨，一路奔跑，就像参加比赛一样，用足了全身的力气，去追赶一段永远追不回来的过去。

从此，万小青留在他记忆中的，就是那双储满泪水和哀怨的眼睛。

四

尽管柳一沙对万小青动了一些念头，但他并不是喜欢万小青，对于万小青，柳一沙更多的是歉意。他真正喜欢过的女孩儿，只有村里的米娜。万小青的出现，只是又勾起了柳一沙酸楚的回忆。

高考落榜那年，家里修缮房子，柳一沙拖着装满沙石的板车，吃力地从米娜家门口走过，突然间看到米娜站在门口，朝他嫣然一笑。那笑容像是一股电流，瞬间给他注入了能量，让他挺直腰杆，拖着板车健步如飞。

当天晚上，米娜偷偷去了他家，把他写的文章一篇篇读了，边读边赞叹："写得太好了！"

那几乎是柳一沙一生中最幸福的时刻。更让他想不到的是，临走，米娜从兜里掏出一副鞋带递给他："给你买的。"

说完,羞涩一笑,看了一眼他的脚,闪身离去。他傻傻地看着自己的双脚。他脚上穿了一双破旧的解放鞋,左脚的鞋没了鞋带,白天他就是这样拉板车的。她竟然连这个细节都注意到了。

房屋修缮完工,米娜以借书的名义去找他,究竟借的是什么书,他怎么也想不起来了,却记住那天她穿了一条红白相间的小格裙子、一双白袜子和一双亮眼的黑色皮鞋。当时他家门口堆放了一些没来得及清理走的瓦砾,米娜蹑手蹑脚绕过瓦砾的姿态,那么轻盈,就像踩着石头过河,两只胳膊自然张开,有舞蹈一般的韵律。

只可惜,她刚绕过瓦砾,身后的街口就传来她母亲的喊声——她母亲已经盯上她了,不允许她跟柳一沙来往。

后来,米娜去深圳打了一年工。这一年让柳一沙很煎熬,为此,他特意在自家门前栽种了两株桃树,一株是自己,一株是米娜。一年后,米娜回来了,穿一双白色高跟鞋,浑身珠光宝气,她已经不是过去的米娜了。在村子里没住几天,她又走了,什么时候走的,柳一沙根本不知道。

很奇怪,米娜走后,门前的两株桃树死了一株——代表米娜的那株。柳一沙一直没舍得砍掉,期望有一天它能发出新芽。没想到过了两年,代表自己的那株桃树也死了。就在那个冬天,米娜嫁人了。他突然醒悟,这是上天让他断了念想,于是就把两株枯死的桃树砍掉了。

这些年，他已经快把米娜忘记了，或者说没有心情去想念米娜了，而万小青的出现，又唤醒了他的记忆。

跟万小青断绝往来的一年后，柳一沙出版了自己的第二本书，是一部散文集，还是在之前那个出版社出版的。这本散文集里收录的，大部分是他从1996年到2006年的作品，其中有三篇是专门为米娜写的。

不过，散文集里没有一篇1995年的作品。在他的人生中，1995年被拉黑了。

还是做贼心虚。

柳一沙"潜伏"的二十多年，大致分两个阶段。第一阶段从1995年11月29日犯下惊天大案，到2005年他的儿子出生，近十年间，他一直生活在惶恐中，像老鼠一样藏在洞里，每日噩梦缠身。

第二阶段从2005年直到他落网前。第一阶段艰难度过后，他慢慢从"黑洞"里探出头，小心地开始了"披着羊皮"的新生活，不仅决定再要一个孩子，还出版了小说集获了奖；紧接着的2006年，又出版了散文集；2010年，出版了第一部长篇小说；2013年，他终于实现了自己的梦想，加入了作家协会，成了名副其实的专业作家；2014年，《合欢树下》出版；2015年，被聘请为育才中学校刊主编……这期间，他成功地将自己打造成南县文学爱好者崇拜的偶像。

第一部长篇小说出版时，他写了一篇洋洋万言的"自序",谈了自己的文学观、美学观和价值观,把自己打扮成一个有理想、有思想、有操守的人。甚至,自序的最后,他大胆预告自己即将创作的长篇小说的主人公,一个身背数条人命的美女作家。

其实前些年他就开始构思这部小说了,写了开头,却不敢写下去了,现在,他觉得可以放心大胆地写了。他甚至还在自序里表示,他有向影视方面发展的强烈愿望,虽然作为文学作品,主要是写人性与社会的相互因果的,但小说的悬念、场景、动作等要素,与影视的表达是共通的。他预计这部小说能在年底完成,将以"正在进行时"与读者见面,他要尽力做到有始有终。

所谓人性与社会的相互因果,不知道柳一沙写下这句话的时候,是否思考过自己的人性与社会的相互因果。他的"正在进行时",不就是他那些噩梦缠身的日子吗?

柳一沙一位文学圈的朋友看了他的小说预告,有些纳闷儿地问他:"你也没当过警察,之前也没有这方面的创作经验,就敢写推理小说?"

柳一沙对朋友的困惑不屑一顾:"没吃过猪肉,还没见过猪跑?"

朋友当然想不到,柳一沙虽然没有当警察的体验,但一直体验着当罪犯的感受。不过,他预告的这部作品,最终还是没有胆量写出来。

在朋友们的眼中，柳一沙是人生赢家。从一个普通的农村小伙，写成了"著名作家"，还加入了作协。童年的梦想终于变成现实，柳一沙更是感慨万千。收到作协的会员证后，他爱不释手，在台灯下反复欣赏。这张会员证，他一直随身携带。

在大多数人眼里，柳一沙成了人生赢家，他凭借几部作品和中国作家协会会员，洗白了自己的魔鬼人生，摇身一变成为"著名作家"。

表面上看，他似乎已经走出过去的阴影，有了正常的社交圈，还不时参加一些文学活动和朋友聚会。其实，那个狰狞的夜晚，始终留在他心底最深处。

有一天，他的儿子在村里的街道上，被村民开摩托车撞了，因为他在城里，妻子情急之下给弟弟王炳义打电话，让王炳义把孩子送到了医院，同时打电话给交警大队报案。交警赶到村里，查看了出事现场，让双方去交警队处理。

王炳义觉得这种事自己不能做主，还是姐夫处理比较合适。不料，柳一沙接到电话，不但没有一句感谢，还怪王炳义多事："就一点儿剐蹭，又没伤着，报警干啥？吃饱了撑的！"

柳一沙死活不去交警队，反而因王炳义报警大发脾气。王炳义也恼了："你爱去不去，反正我不管了！"

柳一沙让妻子给交警队打电话，这件事不追究了。王淑兰气愤地说："有你这样当爹的吗？孩子是不是你亲生的？"

她哪里知道，柳一沙见到警察，哪怕是交警，腿肚子都要转筋。他压根儿不想跟警察打交道，离警察越远越好。

女儿有一个女同学，毕业后当了辅警。女儿邀请同学到家里玩，正好柳一沙从城里回来，看到家里有个穿制服的，顿时心惊肉跳。听妻子说是女儿的同学，他才松了口气，转而脸就耷拉下来了："回头跟她说，以后不要把同学带到家里，烦不烦人？"

妻子不理解："人家同学来家里玩，碍你什么事了？女儿跟同学交往是好事，难道她一个朋友都没有你就开心了？十天半月不回家，回家就抽风，你是不是有毛病！"

柳一沙骨子里是一个很孤傲的人，一般作家他都不放在眼里，更不用说身边那些平庸之辈。南县一位文友的母亲去世，柳一沙前往吊唁。当晚，文友招待朋友们吃酒，在座的多是文学圈内的人。柳一沙自然是鹤立鸡群，很多人过去给他敬酒。

酒过三巡，突然来了个年轻警察，也是文学爱好者。柳一沙见了，忙从座位上站起来，给这个小警察敬酒，而且是双手端着酒杯，酒杯尽量放低，都快贴近桌面了。旁人觉得诧异，以他的性格，能跟这样的晚辈碰个杯就不错了，怎么如此放低身段？对我们这些平辈也没这么客气过啊。

老鼠无论怎么伪装，见了猫还是心慌的。

五

写长篇推理小说的计划搁浅，柳一沙就把希望寄托在《合欢树下》这部作品上。可作品出版后，并没有影视公司感兴趣，让他颇为失落。既然如此，那就自己先把剧本写出来，再找影视公司推销，万一哪家公司看上了，卖个百八十万，他在经济上就能翻身了，就有钱给女儿治眼睛了。

女儿的眼睛，他一直没有放弃。这是采访这个案子以来，我唯一觉得柳一沙还保留了一点儿人味儿的地方。

日月如梭，一晃儿，儿子上小学了。起初儿子在离家不远的村小学读书，教育条件比较差。柳一沙很关心儿子的学习，每天晚上都要在QQ上跟儿子视频，询问学习情况。从上一年级开始，他就辅导儿子写日记，培养他的语言表达能力和观察生活能力。在写作上，柳一沙是行家，对儿子的文字训练很有效果。

当然，除了学习上的事，儿子的生活细节他也很关心，从穿衣戴帽到饮食习惯，都会过问。在心理培养上，更是下功夫。他希望儿子心理健康，而且有爱心。为此，柳一沙书房里专门挂了一幅字，是冰心老人的话，"有了爱就有了一切"。他不止一次告诉儿子，要做一个心中有爱的人。

在教育孩子的问题上,他经常跟王淑兰交流,两个人终于有了共同的话题。尽管还是吵吵闹闹,但这份吵闹里多了一些人间烟火,多了一些家的气息。

儿子挺聪明,学习也不错。柳一沙的小姨子是中学老师,她跟姐姐说:"你们要在县城买房子,让我外甥去县城的好学校读书,在乡下读书,孩子这么好的先天条件可就糟践了。"

王淑兰很为难:"哪有钱买房子?别人不了解家里的情况,你还不了解?你姐夫出了几本书不假,可出书不但不挣钱,还要往里贴钱,就是赚个名声。"

妹妹咬咬牙:"我借给你们,再不够,亲戚朋友凑,这房子必须买,别耽误我外甥读书。"

最终,柳一沙在县城买了套二手房,花了三十八万,小姨子借给他们二十万,真是够意思了。房子不大,也就六十平方米,在一楼,带一个小院子。柳一沙把儿子和女儿都接到了县城,儿子上学,女儿找了个单位上班。

按说,王淑兰应该去县城照顾儿子,她却留在了村里。一方面是柳一沙觉得王淑兰唠叨,干扰他写作,王淑兰也懒得跟他生闲气。另一个原因,是王淑兰看到了挣钱的机会。村里有钱人家的孩子都到县城上幼儿园,经济条件不好的只能留在村里。大人们白天忙着讨生活,顾不上孩子,而王淑兰的孩子们都去了县城,家里空了出来。她就利用自家的房子办了一个幼儿园,把村里的小孩儿集中起来照顾,自己也能有份收入——买房子欠下二十多万的债务,她的压力很大。

幼儿园一共十几个孩子,她收费又低,其实就是挣个辛苦钱。但她很用心,不但把孩子们的生活照顾得很好,还让他们学到了不少知识,在村里赢得了口碑。

而柳一沙的作文班反倒不如前几年火爆了,尽管他的名气比过去更大了。原因很简单,近些年各种各样的辅导班越来越多,竞争越来越激烈,自然拉走了很多生源。

恰在这时候,育才中学找到柳一沙,聘请他当校刊主编,借助他的名气,增加学校的办学特色。

校刊主要有三个方面的内容:一是报道学校的重要活动,二是选发学生的优秀作文,三是刊登一些指导学习的文章。所谓校刊编辑部,其实就柳一沙一个人,月薪三千五百元。柳一沙挺高兴,不仅有了一笔稳定的收入,而且可以借助在学校的工作为他的作文辅导班招收学生。

就这样,柳一沙跟妻子和女儿三人挣钱,经济条件明显好转。柳一沙决定带女儿去北京做眼睛整形修复手术。他让王淑兰跟着一起去,王淑兰推说走不开。柳一沙明白她的心思,劝她说:"这辈子难得有机会去趟首都,别留遗憾,别心疼钱。"

在柳一沙的坚持下,王淑兰终于狠下心,走出南陵县,去看看大北京。他们把儿子交给小姨子照顾，一家三口从省城坐火车去了北京城，就住在北京西客站一带的小宾馆里。

柳一沙早就打听好了医院，到北京的第二天，就带女儿去做了检查。虽然不是大手术，但也挺麻烦。等待做手术的日子，柳一沙带着娘儿俩去了天安门，去了长城，去了颐和园。王淑兰还是心疼钱，毕竟给女儿做手术的钱，大部分是从亲友那里借的。好在，柳一沙多少写出了一点儿小名气，还办着作文班，自己和女儿也都有收入，从亲友那里借钱不像以前那样困难了。尽管玩得不踏实，在北京的这些日子，她还是感受到了柳一沙对她们娘儿俩的体贴，心里很感动。

柳一沙还特意带着娘儿俩去了位于十里堡的鲁迅文学院，给她们介绍了鲁院的历史以及他在鲁院读书的一些趣事。在鲁迅文学院北边的小饭店，一家三口吃了顿北京炸酱面。他对王淑兰说："让儿子好好读书，将来到北京上大学，全国哪儿的教育氛围也不如北京。"

女儿手术后的第三天，一家三口返回南县。这次整形手术效果不是很理想，柳一沙安慰女儿："别急，一次整形肯定不行，需要好几次。没什么大不了的，等你恢复一段，我们再来。"

在柳一沙看来，家庭的未来一片光明。

第九章　壮志未酬身先死

一

柳一沙忙着为女儿的眼睛打官司那几年，菰城市公安局刑侦支队被接二连三的案子拖入泥潭，没精力继续侦查"沈记旅馆杀人案"。直到2000年，繁华分局副局长贺国庆调到菰城刑侦支队担任支队长，痕迹专家冯柏林也从副支队长改任政委，两个人都对"沈记旅馆杀人案"念念不忘，遂决定重启案件侦破工作。

不料，刚刚开完重启案件侦破的分析会，刑侦支队就接到报案，寻水分局辖区一家三口被害。前往勘查现场的路上，冯柏林对贺国庆说："这事有点儿怪啊，每次重启'沈记旅馆杀人案'，就会被其他案子横插一杠子，好像老天爷故意给咱出难题。"

贺国庆叹口气："这个案子要是破不了，咱们的压力就更大了。"

现场在寻水乡下，被害人是一位中年女性和她十五岁的女儿、十岁的儿子。这个案子和"沈记旅馆杀人案"相比，严重程度不相上下，而且被害人中还有两个未成年人，消息一传出去，就引起了各大媒体的关注。

很多人可能会有疑问，怎么菰城的命案这么多？其实不仅是菰城，改革开放最初一二十年，经济快速发展，但基层社会治安综合治理没跟上去，许多地区警力严重不足，发案率居高不下。作为全国经济发达地区，菰城吸引了周边县市的大量外来务工人员，个别乡镇的外来人口甚至超过了本地居民的数量，给当地的社会治安带来巨大压力。相应地，农村的青壮年都出去打工了，村里很多家庭只有老人和小孩儿留守，农村地区的发案率也跟着高了。

勘查过现场，冯柏林判断这是一起入室抢劫杀人案，凶手有两到三人。母亲死在一楼厨房门口；女孩儿死在二楼房间内，房门是被踹开的，门上有一个明显的鞋印；男孩儿死在二楼过道，是用电线勒死的。冯柏林在厨房的窗户上提取到两枚指纹，在二楼找到了一把带血的菜刀。

被害女主人姓赵，三十九岁，家庭妇女。她男人承包鱼塘，晚上大多住在鱼塘边的小屋里，家里只有女主人和两个孩子。案情分析会上，冯柏林复原了案发过程。受害人家的二层小楼后是一片竹林，竹林旁边有一片水塘，凶手穿过竹林，经过水塘的小路，从一楼的厨房进屋作案，凶手应该知道男主人不在家。

李昂问:"这么说,凶手很熟悉这栋房子?"

冯柏林点点头:"凶手熟练地打开了厨房的后窗,可以肯定,以前曾经来过。凶手进屋后,大概楼上的女主人听到动静,跑下楼查看情况,在厨房门口跟凶手相遇,凶手顺手抄起厨房里的菜刀将其杀害,接着上楼杀死两个孩子。现场的几个房间里都有明显翻动过的痕迹。"

"丢失了什么财物吗?"

"据男主人说,家里没有什么重要财物,但停在院子里的摩托车不见了,我们正在追查摩托车的去向。不过,有一点我搞不明白,女主人在厨房门口被砍死后,身上盖了一床被子。经过确认,这床被子是从二楼女主人的卧室里拿下来的。被子是谁盖在女主人身上的?如果是凶手,杀人后为什么要盖上一床被子?如果不是凶手,那就意味着还有人进入过案发现场……"

会场上一片嗡嗡声,大家都在低声议论,但谁都猜不透其中的缘故。

李昂决定把专案人员分为三组,乔青带领第一组,在当地派出所的协助下,梳理这两年辖区发生的盗窃案,不排除凶手有可能是盗窃惯犯;贺国庆带领第二组,围绕女主人的社会关系展开调查,既然凶手这么熟悉她家的情况,不排除是熟人作案;冯柏林带领第三组,在周边厂矿企业排查外来务工人员。

会议刚结束，负责外围调查的民警报告，丢失的摩托车找到了，被丢弃在距村子三公里的路边水沟里。李昂觉得很遗憾，如果这辆摩托车被卖掉，或者进入公路被监控拍到，就能为破案提供重要线索，而现在，这辆摩托车对破案已经毫无价值了。

不过，乔青那边很快传来一个好消息，他们梳理了近年来辖区里的盗抢案件，案发现场提取的指纹跟三个云南籍犯罪嫌疑人的指纹完全吻合。派出所民警介绍，几个月前，他们在晚上巡逻的时候，注意到这三个人鬼鬼祟祟地在村子附近晃荡，就把他们带到派出所问话，尽管没发现他们违法犯罪的证据，还是留下了他们的指纹。

三个云南人在附近一家纺织厂打工。民警赶到纺织厂，得知三人前一天晚上就离开了。民警们对他们的住处进行搜查，发现了一些药品，还有一个新炒锅和一些日用品。派出所民警恍然："前几天我们这儿的卫生站和一个小超市被盗，原来都是他们干的！"

这三个家伙能跑到哪里去？办案民警分析，他们很有可能逃回了云南。去火车站调取监控，果然发现了这三个人的踪影。

省厅对此案非常重视，三天两头催问侦破进展。得知嫌疑人已经确定，省厅命令李昂一周内将凶手抓捕归案。

李昂本想让冯柏林带队前往云南，谁知青岩分局报告，辖区的一口井里发现女尸，只有上半身，是分尸案。冯柏林要去勘查现场，无奈，带队前往云南的任务就交给了寻水分局的徐局长。临行前，李昂特意叮嘱徐局长："云南那边情况复杂，一定要谨慎。"

李昂说的"情况复杂"事出有因。三个凶手来自云南省文山州的平远街。平远街靠近中越边境，一度"家家有武器，户户搞毒品"，制造了大量恶性事件，对社会造成极大危害。1992年8月31日的平远街缉毒行动，动用了两千余名武警官兵，共抓获毒贩八百多人，收缴各类枪支九百余支，以及大量毒品。通过此事，可以想见平远街的民风之彪悍。

徐局长接受命令当天，就带领一个小分队直飞昆明。从机场出来，天色已晚，前往凶手的老家平远街，不仅路途遥远，而且路况很差，当时又下着大雾，只得在昆明住了一个晚上。

第二天上午，一行人终于赶到了平远街。尽管那场惊心动魄的战斗已过去十多年了，但街面上仍有武警战士巡逻。

为防打草惊蛇，徐局长跟当地派出所取得联系，请他们先去摸摸情况。派出所民警去凶手家中暗访，得知那三人昨晚刚从外地回来，凑在一起喝酒，其中有一个叫马明的，喝完酒骑摩托车回家时撞到了路边的电线杆，正在医院治疗。

民警又去平远镇医院了解情况，还化装成大夫，进马明的病房看了看。马明昏迷不醒，据医生说，镇医院医疗设施简陋，现在马明躺在医院里，只是挂水维持生命而已，照这样下去，马明很可能会成为植物人。医生建议他的家人转院治疗。但马明家的经济情况很差，即便转院，也没钱给马明做手术。家人的意见是，如果短期内不见好转，干脆放弃治疗。

马明这个状况，就是把他抓回去，也没法儿进行讯问。徐局长转而带领民警对另外两个凶手实施抓捕，抓到了一个，另一个姓赵的意外逃脱，藏到了附近的山里。

徐局长带着两名民警将抓获的凶手押回菰城，其余人由分局刑侦大队长张迪负责，继续追踪在逃的凶手。临走前，徐局长给张迪下了死命令："抓不到人别回来。"

二

徐局长带领抓捕组到云南抓人的时候，冯柏林、乔青、顾泽正在调查那起碎尸案。

打捞上来的尸块送到了当地派出所，一行人立即前往，准备进行初步的勘验。可到了派出所才知道，装在蛇皮袋里的女尸不见了！

所长气急败坏，问民警怎么搞的。民警也蒙了。天气太热，女尸已经腐烂，气味很大，没法儿放在派出所的房间里。派出所门前有棵大树，树下有片阴凉，他就把蛇皮袋放在树下，谁知一转眼就不见了。

不过，民警马上就想明白了，估计是清洁工收走了，一问，果然。清洁工也不知道蛇皮袋里面装的什么东西，反正臭烘烘的，肯定是垃圾，就直接丢进垃圾箱了。巧的是，垃圾车刚刚来清理过，现在垃圾箱里空空如也。

天气闷热，加上心急如焚，民警满脸淌汗，慌慌张张去追垃圾车，一直追到垃圾清理场，终于找回了蛇皮袋子。

女尸只有上半身的一部分，乔青解剖后得出结论，死者大约四十岁，身高在一米六二左右，已经死亡四天以上。所长把派出所民警分为两拨，一拨寻找尸体的其余部分，一拨排查失踪人口。

乔青叮嘱所长："失踪这么长时间，没有亲属报案，外来打工的可能性很大，重点在外来人口里找。"

很快，女尸的四肢找到了，只有头部一直没下落。民警在社区走访的时候，一位老大妈提供了一条重要线索，说她的女邻居一周前不见了。经查，老大妈的那位女邻居四十多岁，是江西过来打工的，曾经跟一个绍兴男人住在一起，两人还买了房子。半年前，她跟绍兴男人吵架，分开了，现在又跟另一个男人好上了。

冯柏林意识到这条线索很重要,立即让派出所民警带路,去找女人的现男友了解情况。派出所民警听差了,带着冯柏林等人去了女人的前男友,也就是那个绍兴男人的住处。冯柏林只得将错就错,没想到歪打正着。

绍兴男人的住处破破烂烂,没有一件值钱的东西。女人半年前就跟绍兴男人分开了,屋子里也没提取到女人的指纹。

冯柏林问绍兴男人:"最近你们见过面吗?"

绍兴男人没好气地说:"我见她干啥?"

冯柏林在房间里到处转悠,走到卫生间门口,绍兴男人跟了过来:"你们找什么?我犯法了吗?"

男人的紧张神情让冯柏林心里一动,脸上却不动声色。"没说你犯法。你的前女友失踪了,你们俩曾经一起住过一段时间,我们是例行公事,找你了解情况。"

说罢,冯柏林进了卫生间,绍兴男人警惕地跟在他身后。

卫生间的墙壁贴着白色瓷砖,冯柏林的目光落在马桶边的一块瓷砖上。突然间,他转身直视绍兴男人:"你最近真的没有见过她?"

绍兴男人强作镇定:"没见过就是没见过嘛!"

冯柏林对身边的民警说:"把他带回派出所,请他配合我们调查。"

乔青心里明白,冯柏林一定是发现了什么疑点。等绍兴男人被带走，冯柏林指着马桶旁边的瓷砖说："看到了吗？上面有血迹。"

乔青凑上去仔细观察，却什么也看不出来。冯柏林蹲下身子，给他指出位置。这回乔青看到了，瓷砖上有一丝淡红的血迹，形状像指甲上的那一抹月牙儿，不仔细看，根本分辨不出来。冯柏林分析，这种月牙形状的血迹，是用水冲刷地板时溅到墙面上形成的。也就是说，绍兴男人近期冲刷过卫生间的地面。

乔青立即通知青岩分局刑侦大队派人过来取样化验。等待期间，派出所来电话，绍兴男人招了，承认是他杀死了前女友，在卫生间分尸后，分别丢到了附近的垃圾箱和水井里，派出所正准备押着绍兴男人去抛尸地点寻找其余的尸块。

乔青不由得冲冯柏林竖起大拇指："政委真是神探，你这双眼睛比雷达都好用。"

冯柏林叹了口气："真这么好用，我早就把'沈记旅馆杀人案'的凶手找到了。徐局长去了趟云南，寻水的命案一周就破了。唉，沈记旅馆的命案什么时候能破啊，这个案子不破，我们菰城刑警这口气就喘不上来。"

说到"沈记旅馆杀人案"，乔青也沉默了。这个案子，一直是压在菰城刑警心头的一块巨石。

三

得知青岩碎尸案这么快就破获了,李昂总算松了口气,一周连破两起命案,多少为菰城刑警挣回来点儿面子。他又催问徐局长云南那边的情况,逃进山里的凶手抓到了吗?

留在平远负责抓捕行动的寻水分局刑侦大队长张迪,在当地警方的配合下,组成了三十多人的搜捕队,准备进山搜索。派出所民警有经验,说这么大的山,别说三十多个民警,就是三百多人一起进山,也很难找到凶手藏身的地方。"其实不用到处乱跑,把出山的路口封了,咱们就在外面等着,饿了他就出来了。"

这样行吗?张迪将信将疑。可是,没有当地民警的配合,他们寸步难行,只能耐心等待。

派出所民警随即封锁了出山的路口。大约守候了一周,就在张迪失去耐心的时候,远处的山坡上出现了一个黑影。张迪一拍大腿:"这小子终于出来了!"

说话间,众人迅速向黑影靠拢,黑影发现情况不对,掉头就跑。山路难行,当地民警却健步如飞,紧紧跟在黑影身后。张迪几个人就不行了,跑着跑着就被远远甩在后面。还没等张迪他们缓过劲儿，当地民警已经押着一个人下来了，正是姓赵的凶手。

三个凶手两个落网，还有一个植物人马明怎么处置？专案组民警征求了检察院和法院的意见，检察院和法院也觉得棘手，可如果他一直处于昏迷状态，警方无法审理，路上万一再出点儿意外，那就更说不清了。无奈，只能把他留在平远。张迪离开的时候，特意叮嘱派出所民警，一旦马明醒来，及时跟他联系。

两名凶手到案，对杀人抢劫罪行供认不讳。他俩给一家私人小厂打工，每天工作时间很长不说，还挣不到什么钱，就不时搞点儿小偷小摸的勾当。

马明原本在台州打工，和两人相识。有一天他们通电话，两人骗他说这边好挣钱，马明信以为真，就辞了工过来了，结果发现不是这么回事。马明过来的时候，兜里有千把块钱，三个人天天厮混在一起，没多久就花光了，于是经常晚上出门到处晃荡，碰到合适的机会就下手，有一次差点儿被巡逻民警抓住。三人觉得这样下去不是办法，要干就干票大的。

姓赵的凶手跟受害的女户主是远亲，按辈分要叫她姑姑。改革开放后，女主人从云南到孤城打工，嫁给了本地人，在这边落户。姓赵的凶手曾经去姑姑家蹭过几次饭，这位姑姑对他不是很热情，他也就不再去了。

姓赵的寻思，姑姑家承包鱼塘好多年了，肯定有钱，干脆去她家里搞一票大的。跟其他两人一说，一拍即合。

起初他们也没想杀人。第一天晚上，他们想从后门进屋，没想到弄出声音，被楼上的女主人听到了，喊了一声："谁？"

几个人听到喊声，吓跑了。回去后，觉得很失败，就商量对策。姓李的问姓赵的，说道："下次被发现了，就利索点，干掉你姑姑行不行？"

姓赵的说："那就干掉呗。"

第二天晚上，三个人又去了，去之前就分工明确，每人对付一个。姓赵的熟悉厨房的情况，很顺利地撬开了厨房的窗户，从厨房进入客厅。就在这个时候，女主人听到动静，从楼上冲下来，手里还拎着提前准备好的木棍，发现小偷竟然是自己的远房侄子，自是又惊又怒。这时候，姓赵的一不做二不休，抄起厨房里的菜刀把姑姑砍倒。

随后，姓李的冲到二楼，踹开女孩儿的房门行凶。隔壁的小男孩儿听到动静，从房间里跑出来，马明随手拽了一根电线，将小男孩儿勒死。

三个人翻箱倒柜，却只找到一千五百多块钱。女主人家只有年底清理鱼塘卖鱼时，才有大笔进账，而且很快就存到银行了，家里根本没多少现金。临走，他们推走了院子里的摩托车，但摩托车没油了，推着很费劲，走了没多远，就被他们丢进路边的水沟里。一千五百块钱买了三张回云南的火车票，加上一路吃吃喝喝，很快就花光了。

冯柏林还惦记着女主人身上的被子，问两个凶手是怎么回事。姓李的说，那床被子是马明从楼上拿下来的，为什么盖在女主人身上，他也搞不清楚。

尽管马明是植物人，但赵、李两凶手的犯罪事实清楚，口供跟现场勘查结果吻合，物证链完整，后来都被判处死刑。不过，就是因为这个植物人马明，导致此案留下一个巨大的漏洞，这是后话。

四

两个命案先后告破，最高兴的是李昂，特意请两个专案组的民警大吃了一顿。还有更让他高兴的，菰城市公安局建成了DNA实验室，开启了菰城公安史的新篇章。

说到基因实验室，不得不提一个人，他叫徐盛，当时还是个毛头小伙子。

徐盛毕业于医大，被招到菰城市公安局刑事科研所。他学的是法医物证专业，自然就成了冯柏林的徒弟。小伙子谦虚好学，在冯柏林的指导下，业务水平提高很快。

就在他入警两年后的那个冬天，郊外水塘里发现一具女尸。现场解剖，他判断死者是一个月前遇害的，死前遭到强暴。现场条件太差,难以提取物证,而且被害人死亡时间太久,又一直在水里浸泡着,从尸体上寻找凶手留下的痕迹非常困难。但他还是克服了一系列技术难关,最终提取到凶手的检材。在当时,这仅仅是确认凶手身份的辅助性手段,就好比血型,如果凶手没有归案,这些检材就发挥不了作用。尽管如此,他还是小心地把这些检材保存起来,说不定以后会有用呢?这个良好的习惯和意识,为他赢得了绝佳良机。

刑事科研所建成基因实验室里,有试剂室、提出室、扩增室、检测室。现在,基因早已取代了传统的无证蛋白检验,一根头发、一滴汗水、喝水的杯子、剪掉的指甲……都可以用作基因检测。徐盛第一个拿来实验的,就是他保存的从女尸阴道中提取的精斑。

徐盛将精斑的基因测试结果,录入数据库里检索,并没有发现与其匹配的数据,他心里一阵失落。

我们经常说,天网恢恢疏而不漏。什么是天网?天网就是天意,是天道。所谓"多行不义必自毙",就是天道的力量;而"举头三尺有神明",就是人们对于天道形象的描述。正当徐盛苦闷的时候,派出所处理了一起打架事件,两个男人因为一点儿小事动手了,吃亏的一方报警,派出所传唤了另一个。对派出所方面来说,这是一起再寻常不过的治安事件,很快就处理完了。

不过，凡是进了派出所的人，不管打架斗殴还是偷鸡摸狗，除了做笔录，还要留指纹，还要抽血入库。派出所民警按程序给他们两人抽了血。

基因数据库要经常更新，徐盛从此养成了一个习惯，每天都要到数据库"逛"一圈，进行比对。这天早晨，徐盛进入数据库进行例行比对，发现一份新录入的数据与两年前水塘女尸案中凶手的检材完全匹配。

打了架的男人刚刚被派出所教育一顿放走，又被刑警支队请去了。经过突审，男人终于承认两年前的水塘女尸案是其所为。死者是一个卖淫女，因嫖资发生口角，他一怒之下将女人杀害，抛尸郊外的水塘。

首战告捷，刑警们都很激动。有了这个DNA实验室，很多积案就不用再挂账了。

不用说，冯柏林也心动了，又去找李昂，建议重启"沈记旅馆杀人案"的侦破。而水塘女尸案的成功告破，也给了李昂很大的信心，当场就拍了板。

两人又把贺国庆找来，商量专案组的成员。如今，原"95·11·29"专案组的成员有的退休，有的离开了刑侦部门，有的甚至离开了公安队伍，给重新侦破带来了很大难度。李昂想方设法将原专案组的部分骨干召回，同时也注入了新鲜血液，他点名让徐盛进入专案组。

这个案子反复重启多次，每次都铩羽而归，局里也有很多人信心不足，私下里劝冯柏林，你就别再提这个案子了，再坚持下去，就讨人嫌了。冯柏林当然不会因此打退堂鼓，不过，有件事总让他提心吊胆。以往每次重启这个案子，总会有其他大案要案发生，打乱既定的部署，这次会不会也这样？

贺国庆也有同样的担心："但愿这次风平浪静，能让我们集中精力……"

不幸被贺国庆言中。专案组刚刚组建起来，几个人在李昂办公室商讨重启案件侦破的具体细节，开会一直到了晚饭时间，正准备散会，贺国庆和冯柏林的手机同时响了，刑侦支队值班室向他们报告，桐树镇又发生命案了。

"沈记旅馆杀人案"的重启只能被迫推迟。冯柏林和贺国庆都很沮丧，觉得这是老天爷成心硌硬人。贺国庆仰头看天花板，自言自语地说："怕什么来什么，难道我真要去寺庙烧炷香，求佛祖保佑？"

李昂劝慰他俩："别疑神疑鬼的，你掰着手指头算算，咱们哪个月没案子？"

冯柏林随即前往桐树镇派出所听取案情汇报。报警人是死者的妻子，五十来岁，报警时间是傍晚5点多钟。死者所在的村子在桐树镇北边，距沈记旅馆不远，死因也是被人用锤子砸中头部。冯柏林心里"咯噔"一下，又是在桐树镇，又是锤子杀人，会不会跟"沈记旅馆杀人

209

案"有关？

现场勘查的民警分析，这应该是一起入室盗窃杀人案。这一带的村民，白天下田劳动经常不锁门。死者原本瘫痪在床，凶手进屋行窃时被死者发现，尽管他不能起床，但可能认识凶手，因此才招来杀身之祸。如果彼此不相识，凶手也就不会铤而走险了。

办案民警分析得头头是道，最后肯定地说："应该是熟人作案。"

但冯柏林去过现场后，否定了这个判断。

死者家里经济条件很差，可以用家徒四壁来形容了。冯柏林的第一反应，凶手不可能是熟人，熟人应该知道死者家中一贫如洗，偷不到值钱的东西。但陌生人作案也有点儿说不通，既然不认识，何必对一个瘫痪在床的病人痛下杀手？

这两种可能一排除，真相昭然若揭。冯柏林对办案民警说："立即控制报案人，十有八九是她自导自演的。"

办案民警吃了一惊："不可能啊，难道是情杀？就算她跟外面的男人有染，死者也无力干预，何必杀人？她还打算改嫁不成？"

"她有什么打算我不知道，但现场情况表明，凶手就是她。"

屋里没有明显翻动的痕迹，况且这屋里也没什么值得翻找的地方。死者头部有明显遭钝器击打的痕迹，但头部周围却没有这种情况下常见的血液大量喷溅的情况。死者长期卧床，床上的蚊帐也是常年挂在那里的，落满灰尘。奇怪的是，死者头部上方的蚊帐，有洗脸盆那么大的一块地方没有灰尘，比周围明显干净许多。仔细观察，冯柏林在这里发现了针尖大的几处红点，摸上去有潮湿感。蚊帐挂得很低，距离床铺也就一米高，可以推测，死者头部遭到重击，血液喷到头顶的蚊帐上，被人清洗掉了。

"行凶后还能从容清理现场，而且把蚊帐上沾到血迹的地方都洗干净了，你们想，凶手能是什么人？"

经冯柏林这么一番分析，办案民警恍然大悟，这个凶手只能是死者的妻子。立即对死者妻子进行讯问，同时搜查她的房间，在杂物间找到了一把锤子，尽管清洗过，仍然在锤子的边缘发现了微量血迹。

在证据面前，死者的妻子承认了杀人罪行。其实原因不复杂，更没有什么婚外情。男人常年卧床不起，地里的农活儿全是她一个人干。辛苦也倒罢了，躺在床上的男人脾气特大，不能打人，可骂人能骂出花样来。当天傍晚，她从田里回来，男人嫌她回来做饭晚了，又开启骂人模式。本来就累了一天，她腰都直不起来，回家还要忙活做饭，男人不但不体谅，还劈头盖脸一通骂。多年来压抑在心底的怒火一下子喷发出来，她抄起锤子朝男人头上砸去……

五

案情大白，冯柏林打电话给李昂，汇报了案件的侦破情况，最后不忘补一句："李局，这个案子不会影响'沈记旅馆杀人案'的重启吧，我们能不能按原计划开始工作？"

这时候已过午夜，李昂"嗯"了一声，下面的话却被一阵急促的咳嗽打断了。冯柏林拿着话筒，一直等李昂的咳嗽停止了才说："李局你早点儿休息吧，有什么事明天再商量。"

李昂气喘吁吁："你们也辛苦了，都早点儿休息。"

挂了电话，李昂却没去睡觉，还一直坐在书房里。对于"沈记旅馆杀人案"重启侦破的焦虑，他比冯柏林更甚。每次轰轰烈烈地重启侦破，到头来都是灰头土脸地收场，不仅社会上有议论，就连公安内部也有不同声音，说"沈记旅馆杀人案"早就成了"死局"，李昂再折腾下去，就是浪费公共资源，就是个人英雄主义。这些议论，李昂听到了，但他什么都没说，案子没破明摆着，说什么都没用。

妻子被刚才的电话吵醒了，进书房催李昂赶紧睡觉，一眼看到李昂面前摆着"沈记旅馆杀人案"的现场照片，忍不住说他两句："是不是落下病根了？别人都想忘了这个案子，你还心心念念的，自己找罪受！"

这话李昂不爱听了:"我是分管刑侦的副局长,这个案子不破,我咽不下这口气!"

"行,那你就继续折腾,到最后大家都烦了,看谁还给你卖力。"

李昂赌气说:"我就是单打独斗,辞了副局长去当刑警,也要把这个案子破了!退休前破不了,退休后接着干!"

妻子也来气了:"就你这身体?能熬到退休就阿弥陀佛了!"

的确,李昂的身体每况愈下,家人、同事劝他住院休养,他嘴里答应,就是没实际行动。不是他不想住院,他知道自己不可能在医院住踏实了,案子一个接一个,部下都在拼命,他怎么可能躺在医院享清闲?

第二天早晨,李昂刚进市局大院,突然间头晕眼花,摔倒在地。民警赶紧把他送到医院,经初步检查,医生怀疑他肺部有病变——这是委婉的说法,其实就是发现肺部有肿瘤,建议他立即去省会医院进一步诊断。

李昂婉拒。自己的身体自己知道,他的病没希望了,他想利用生命中最后的时间了却心愿。从医院回到市局,他通知贺国庆和冯柏林,重启"沈记旅馆杀人案"的侦破工作。

冯柏林激动地说:"李局,还是你了解我们,现在我们有了DNA实验室,肯定会有重大突破!"

专案组随即投入工作。徐盛对当年在案件现场提取的检材进行基因分析,再到数据库里匹配,依然没有结果。

冯柏林不死心。距上次案件重启已经过了两三年,难道这两三年里,"沈记旅馆杀人案"的凶手就没有再次作案?或者说他们作案了,却没有留下任何痕迹?绝对不可能。

凶手从山东客人和沈老板那里并没有抢走多少钱。旅馆每天进账的现金,当晚都会被沈老板的儿子取走;山东客人藏在短裤里的现金,也没有被凶手发现。凶手没有收获,即便有,也很快就挥霍掉了,他们肯定还要铤而走险。冯柏林认为,有必要和全国各地公安局的数据库进行比对。

冯柏林向李昂请示,得到了李昂的支持。李昂还叮嘱:"近几年全国发生的抢劫和凶杀案,都要过一遍筛子。"

几支小分队随即出发,冯柏林留了下来,对当年案件中的其他疑点重新进行排查。凶手自称来自衢州,上次重启案件侦破时,衢州已经排除。但"衢州"跟"滁州"和"徐州"谐音,凶手会不会是这两个地方的人?

李昂派民警分别去了滁州和徐州摸底调查,进一步扩大侦查范围。然而,满怀信心地折腾了几个月,到头来还是一无所获。专案组进退维谷,继续追踪下去吧,民警们跑遍了大半个中国,已经精疲力尽;收兵吧,又不甘心再次败下阵来。这两个恶魔,难道真的人间蒸发了?

就在这个节骨眼儿,李昂再次晕倒住院。

菰城市公安局领导非常重视,菰城医院方面也不征求李昂本人的意见了,直接把他送到了省城医院。专家们紧急会诊后，遗憾地通知菰城市局，李昂的病情属于晚期，让单位和家属做好后事准备。

尽管对李昂隐瞒了诊断结果，但他心里清楚，这次肯定是走不出医院了。

"95·11·29"专案组的民警得知李昂的病情，纷纷到医院看望，也是做最后的告别。李昂拉着冯柏林的手说："这个案子没破，是我终生的遗憾，我死不瞑目啊……拜托各位兄弟，一定要把案子破了，将凶手绳之以法。我真想看看这个恶魔到底是什么样子，可惜……"

一个月后，李昂带着遗憾离开了这个世界。

李昂的遗言，一直藏在专案组民警心中，他们无时无刻不惦记着这个案子。遗憾的是，他们没有三头六臂，更是分身乏术，各种突发案件让他们疲于应付。

偶尔也会有短暂的空当期，短暂得只够他们喘口气，他们就利用这些喘口气的机会，尝试着侦破积案。"沈记旅馆杀人案"一直毫无头绪，尽管冯柏林心里焦急，但他也知道短时间内不可能取得突破，只能挑选那些证据链相对完整、侦破条件相对较好的案件，在短时间内搞一个小规模的"突击战"。

冯柏林早就想好了，哪怕在任期间破不了"沈记旅馆杀人案"，等他退休后，也要召集当年参加过"95·11·29"专案组的退休民警，一起去完成李昂的心愿。

第十章　负重前行的守梦人

一

作为分管刑侦的副局长，这些年李昂几乎把所有精力都放在刑侦支队，他的病逝，对菰城市公安局刑侦支队的打击很大，尤其是"沈记旅馆杀人案"的侦破，几乎等于上了铁锁，很难再启动了。

这个案件似乎带着某种诅咒，只要沾上的人，都碰得灰头土脸，让菰城刑警"谈沈色变"。只有专案组的民警们依旧痴心不改，和案件相关的指纹、鞋印，还有现场的物证照片，冯柏林、崔和平、乔青、顾泽等每个人的抽屉里都有一套，遇到类似的案子，就要翻腾出来比对一下。

多年后，"沈记旅馆杀人案"已经成为菰城的一个"梗"，经常有群众带着嘲讽的语气对警察说："牛什么牛啊，有本事你们把'沈记旅馆杀人案'的凶手抓起来呀？"

多难听的话，菰城刑警都得接着。事实明摆着，包括

"沈记旅馆杀人案"在内的几起有影响的案子一直没破，他们自己都觉得窝囊。背负着这种愧疚感，他们只有闷声不响地低下头，兢兢业业地当好菰城百姓的守梦人。

付出总会有回报。随着时代的进步、科技的发展，警方的刑侦技术和装备又上了一个台阶。仅电子监控一项，就解决了很多以往案件中棘手的难点，破案率也随之大幅度提高。

2012年5月8日，菰城市永兴县发生一起命案，警方就是借助监控快速破了案，赢得了群众的喝彩声。

这天大清早6点多，打扫街道的环卫工人报警，停在永兴职业技术学校前面的主干道旁的一辆三轮车上，发现一男一女两具尸体。

警方赶到现场时还在下雨，路上行人很少，街道上雾气蒙蒙。三轮车上的一男一女都是十八九岁年纪，男的死在车斗的横座上，女的死在车斗里，三轮车上溅了很多血，车旁的地面上，掉了一些碎骨头片。凶手够狠的，竟然砍出了骨头碎片，应该不是抢劫杀人，而是泄私愤。抢劫杀人，一般把人杀死，慌张地抢了财物就逃离，只有泄私愤，才会把人杀死后，依旧不收手。

冯柏林据此判断，这应该是第一现场。

在一男一女两个死者身上没有找到手机。年轻人哪能没手机？显然是被凶手拿走了。男孩儿兜里有几百块钱，表明凶手并没有对死者搜身。男孩儿身上还有一个胸卡，根据这张胸卡，警方查到了两个死者的身份。他们都在一家足浴店打工，两人正在谈恋爱。

他们为什么死在三轮车上？三轮车又是谁的？三轮车就成了关键物证。

民警当天就找到了三轮车的主人，是附近独角村的村民。据那个村民说，他的三轮车平时都放在家门口，从来不上锁。今天早晨起床，他发现三轮车不见了，以为是哪位邻居借用，用完就会送回来，以前也有过这种情况，他并没在意。

万幸，独角村村口刚刚安装了监控探头。民警通过监控发现，昨天晚上11点多钟，一个年轻人骑走了三轮车。监控视频的清晰度不高，年轻人面孔模糊，不过他的上衣是那种带有白条纹的T恤，非常醒目。

冯柏林对办案民警说："去附近的网吧查监控，年轻人哪有不去网吧的。"

经冯柏林这么一提醒，办案民警恍然大悟，每个网吧都有监控，很容易查找的。民警撒开大网，在永兴区的各大网吧进行搜索，终于找到了这个人的影像，继而查清了他的身份。此人来自安徽，杀人后从菰城坐大巴回到老家阜阳，住了一晚上，又去了他妻子的老家云南。

刑警立即奔赴云南他妻子的娘家，却没有找到他的踪迹。不过，民警们排查时，在一家宾馆查到了他小舅子的住宿记录。当地派出所暗中查找他小舅子的下落，发现他小舅子根本不在云南。

很明显，凶手使用小舅子的身份证登记住宿。民警们深夜行动，将凶手抓获。凶手自知无法抵赖，遂交代了其杀人罪行。

凶手的姐夫在永兴做生意，是个小老板，他在姐夫那里打工。姐夫给他开的工资不低，可他迷上了老虎机，经常是刚发的工资，转眼就全被老虎机吞掉了。这天晚上，他输掉了身上仅有的几百块钱，就骑着姐姐的电瓶车，在一家超市门口守候，伺机抢劫。等了半天，没找到合适的抢劫对象，就打算去另一家超市碰运气。走到半路，电瓶车没电了，只好把电瓶车推回姐姐的住处。出来的时候，随手从姐姐家拿了一把菜刀，然后四处寻找交通工具，在附近村子里看到一辆没上锁的三轮车，就偷偷骑走了。

骑着骑着，一个行人朝他招手，说要去长途车站。行人把他当成载客的了，他干脆客串了一把人力车夫，把行人送到车站，挣了十块钱。他寻思这生意也不错，多跑几趟挣个百八十块钱，就可以再去打老虎机了。

深夜1点多，凶手在路口遇到一对情侣，两人在外面喝了夜酒，准备回住处。男的喝得有点儿多，口齿不清地说了两个足浴店的地址。双方讲好价，二十块钱，先送女的，再送男的。

因为修路，又下着雨，凶手骑着三轮车绕了几圈，就是绕不到女孩儿上班的足浴店门前。凶手跟他们商量,让女孩儿下车穿过修路的地方走回去,只收他们十块钱。男孩儿骂骂咧咧不答应,在后座猛踹三轮车的隔板,说必须送到足浴店门口。

凶手憋了一肚子气,又转了两圈,还是绕不过去,毕竟他不是专业跑三轮的,对路线不熟悉。他决定不挣这笔钱了,让这对男女下车。男孩儿不答应,双方发生争执。男孩儿骂道:"你们跑三轮车的像狗一样,招之即来挥之即去,老子花钱,你凭什么不送?"

凶手气得下车,站在路边不动了,逼着他们下车。这时候,女孩儿用纸巾擦鼻涕,把擦过鼻涕的纸巾甩到他脸上。凶手恼羞成怒,掏出怀里的菜刀,堵住三轮车车厢门一顿狂劈乱砍,男的被砍了二十几刀,女的也被砍了十几刀。

将这对情侣杀害之后,他拿走了两人的手机,回到姐夫那里。第二天早晨,又搭姐夫的车去了菰城,从菰城坐火车逃回安徽老家。但他觉得在老家也不安全,住了一宿,就收拾行装逃往妻子的老家。

永兴命案从发案到破案,不过一周时间,菰城群众为刑警喝彩的同时,也提出质疑,这么多命案都破了,为什么"沈记旅馆杀人案"迟迟不破?

群众不了解的是,在永兴命案的侦破过程中,独角村村口的监控起到了重要作用。此后,菰城市局加快速度在重要路口和场所安装监控，构筑城市监控网。

当然，监控只是破案的科技手段之一，而运用科技手段破案的，还是人。我们看影视剧《神探狄仁杰》，几乎每次在案发现场，狄仁杰都会问一句"元芳，你怎么看"，在今天成为网络流行语。狄仁杰勘查现场，必定根据现场获得的信息，在脑海中进行现场重建，得出一个大致的判断，然后跟手下李元芳交流意见。

冯柏林也被民警们誉为"神探"，这些年凭借在案发现场的缜密勘查和准确的现场重建，破获了多起"不可思议"的案件。案发现场信息的准确性以及现场重建的合理想象，决定了案件侦破的成功与否。其实在没有电子监控的时代，公安刑侦技术人员每次在案发现场，做的事情跟狄仁杰差不多，根据现场获得的信息，完成现场重建，然后跟大家一起分析案情。

不过，"神探"也有马失前蹄的时候。

二

永兴命案破获后，菰城的治安形势大约平稳了三个月，市局对面的小区又发生了命案，一个外地打工的女人死在家里。消息传到社会上，舆论顿时炸了锅，凶手的胆子太大了，竟然在公安局门口杀人。公安局门口都不安全了，菰城还有安全的地方吗？

社会上的议论，让市局领导如坐针毡，责令刑侦支队十天破案，否则刑侦支队长就别干了。其时，原刑侦支队长贺国庆升为市公安局副局长，他曾经在繁华分局的老搭档崔和平接任刑侦支队长职务。崔和平对冯柏林说："老冯啊，我的乌纱帽是小事，咱们警察的脸面是大事。市局眼皮子底下出了命案，你可要大发神威呀！"

崔和平在繁华分局担任探长期间，跟冯柏林都是"沈记旅馆杀人案"专案组的成员，彼此太熟悉了，说话也就直来直去。冯柏林叹口气："我真要有神威，沈记旅馆的命案早破了。别说没用的了，先去看现场吧。"

冯柏林和崔和平去现场查看，法医和痕迹民警向他们汇报了现场勘查情况。死者是一位三十岁左右的女性，头部遭钝器击打，倒卧在门厅处。从穿戴上分析，应该是刚进家门就遭遇突袭。屋内没有发现凶手的指纹和脚印，也没有翻动的痕迹，凶手的活动范围只在门厅，并未进入客厅。法医推断，死亡时间在昨晚10点左右。

报警人是死者楼上的邻居。早晨上班的时候，邻居路过死者家门口，发现房门半开，门厅处倒着一个人，身体周围有大量血迹。

根据现场勘查情况，冯柏林还原了案发的大致过程。昨晚10点前后，死者下班回家，凶手一路尾随，在她打开家门进屋的瞬间，冲上去用钝器猛击她的后脑勺，然后迅速逃离。死者单位的同事也证实，她是昨晚9点半左右下班的。从单位到家，通常不超过半小时，与法医推断的死亡时间吻合。

尽管屋里没有遭到洗劫的迹象，但死者随身的包不见了，冯柏林断定这是一起尾随抢劫杀人案。

第二天，负责外围排查的民警在小区附近的河边发现一个红色钱包，疑似死者的物品。冯柏林推测，凶手杀人后离开小区，顺着河边走到这里，将死者包里值钱的东西拿走，剩下的抛入河中，附近应该还有死者的物品。他下令下河打捞，果然，在下游的河底发现了死者的工作牌。

捞出工作牌的位置，与发现红色钱包的位置相距几十米。随后，民警们沿河而下继续寻找，在距离红钱包三公里的下游，发现死者随身携带的背包，里面有死者的一张快递单。负责排查的民警推断，凶手是沿河边向西逃跑，一边跑一边抛弃死者物品。

沿着最后一个抛物地点继续向西，是城乡接合部，那里有一个小区，大多是外地人居住的，办案民警怀疑这里就是凶手的藏身地，封锁了这个小区，排查了几天，并没有找到任何线索。

冯柏林仔细勘查了凶手的抛物地点，在案情分析会上，提出了跟大家相反的结论，凶手的逃跑路线不是向西，而是向东。冯柏林给民警们做了现场重建，将凶手逃跑和抛物的过程做了推演：死者小区旁的河边，有一座桥，凶手走出小区，向西走到桥上，将背包内的红色钱包掏出来，取走现金以及背包内有用的物品，将钱包、胸牌以及背包，一次性抛入河中，然后折返身子向东跑去。这些东西顺流而下，或者沉入河底，或者被冲到岸边，造成了凶手一边逃跑一边抛弃赃物的假象，而凶手则向相反的方向逃窜。

民警们一贯佩服冯柏林"断案如神"，可这次，他们却很难信服。从三个抛物地点分析，很难想象凶手是一次性把这些东西扔掉的。尤其是发现死者背包的第三个抛物点，背包不是从河里捞出来的，而是在河边的芦苇丛中发现的，符合凶手边逃跑边抛弃赃物的特征。这里的河水流速缓慢，如果是顺流而下的话，背包或者漂到岸边，或者沉到河底，不太可能被冲进芦苇丛的深处。

要说服大家，冯柏林不能只有观点，还需要更多的证据。他决定找到可靠的证据，证明自己的结论是正确的。

根据现场勘查，第一、第二抛物点不但相距较近，而且正对着一个小区的大门，大门对面的路灯特别亮。小区门口的门卫室里，夜间有两个保安值守，借着路灯光，可以把河边的情况看得清清楚楚，往河里扔东西很容易引人注目。另外，第一、第二抛物点和第三抛物点相距较远，还有一条公路穿插而过，隔断了河边的步行道，想继续沿河行走，就要从公路桥下穿过。凶手又不是埋尸，必须找僻静的地方，他只是抛物，不可能费这么大周折。

当然，最重要的是第三个抛物点，也即背包被发现的位置，为什么背包会出现在芦苇丛里？冯柏林绞尽脑汁，不得其解。晚上做梦，那个背包还在眼前晃悠，猛然惊醒，他爬起来就到书房里翻找资料。这条河流入太湖，每年汛期湖水倒灌，而发现背包的位置正好位于河口，会不会是湖水倒灌导致水流湍急，把死者的背包冲到了芦苇丛里？

冯柏林再也睡不着了，好不容易熬到天亮，急忙联系水文站的专家。对方肯定了他的判断，发案那天，正是湖水倒灌期的最后一天，水流每秒二点五米。而警方发现背包的时候，倒灌期刚过，水流又缓了下来。

搞明白湖水倒灌的技术难点，冯柏林又仔细研究了办案民警发现红钱包时拍下的一组照片，断定死者的工作牌不是从水下摸到的，而是从水面上打捞出来的。放大这组照片，就可以看到红钱包下游的河水中，漂浮着工作牌上的蓝色丝带。因为若隐若现，不仔细看很难发现。打捞人员在水下摸到了工作牌，误以为工作牌沉入河底，其实是一直漂浮着的。很明显，从水下打捞出工作牌后的一组照片，水面上就看不到那条若隐若现的蓝丝带了。

冯柏林将自己的推理和发现，分享给了办案民警。不过有人还是疑惑，红钱包如何到了岸边？死者背包如何在距离河边几米远的芦苇丛中？难道背包长了腿，像青蛙一样跳出河面了？

冯柏林干脆来到发现背包的地方寻找答案。实地一看，所有的疑问都迎刃而解。这条河属于航道，不时有机动船来来往往。第三抛物点所在的那片芦苇丛正好处于河道的拐弯地带，形成一个环岛，机动船经过，会旋起很大的浪，背包应该是被浪头甩到芦苇丛深处的。

为了证明自己的判断，冯柏林和办案民警一起到第三抛物点做实验，将类似的包抛到河面上，等机动船经过。实验结果证明，冯柏林这次又对了。

办案民警心服口服，放弃了在城中村的排查，转而按照冯柏林的推演反向搜寻，在死者所住小区东边的一个长途汽车站，终于发现了线索。办案民警调取了长途汽车站的视频监控，对在案发之后离开的乘客逐一辨识。当地派出所民警注意到，其中一趟凌晨4点多钟发车的早班客车上有一张熟悉的面孔。此人是河南籍，在菰城打工期间，曾因小偷小摸被派出所处理过。天还没亮，他这是要去哪里？为什么两手空空，连一件随身的行李都没带？

这个人有重大作案嫌疑。办案民警立即赶往其河南老家，将其抓捕归案。讯问时，没费多少周折，他就交代了杀人抢劫的经过。

其实，他在菰城打工只是个幌子，主要还是靠偷盗谋生。每到夜色降临，他就在附近的小区游荡，寻找作案目标。死者夜里下班较晚，总是背一个随身包独自回家，被他盯上了。经过几次尾随，他摸到了她的生活规律，而且她是单身，一个人住。于是他提前做好准备，带着一把铁榔头藏在楼道里。女人下班回来，刚打开房门，他快速冲上去，用榔头猛击女人头部，抢走了她随身携带的背包。因为紧张，离开的时候他没有把房门关严。其后逃窜和抛弃赃物的过程，和冯柏林的推演如出一辙——先去了小区西边的桥上，将包内的现金和值钱的物品取走，其他东西随手扔进河里。然后掉头向东，穿过烈士广场，沿着主干道走了很远，途经长途汽车站时，他临时起意乘坐长途车离开孤城，回河南老家躲风头。

案件告破，冯柏林严密的推理逻辑和精准的判断再次让大家叹服。原"95·11·29"专案组的成员乔青，现在已经是市局刑事科研所所长了，他有些疑惑地问冯柏林："当年你对'沈记旅馆杀人案'的推演也没啥毛病啊，咱们怎么就一直破不了呢？"

冯柏林苦笑，这个问题，他自己也搞不明白。这些年来，冯柏林无数次回顾"沈记旅馆杀人案"的现场勘查和判断依据，有指纹有鞋印，有现场目击者，侦查方向没问题，排查范围遍及大半个中国，为什么就是找不到凶手的蛛丝马迹？

三

姜晔担任菰城市副市长兼公安局长后，冯柏林找过他两次，希望重启"沈记旅馆杀人案"的侦破，但姜晔对此好像并不热心。碰了钉子，冯柏林也就不再提及了。他甚至赌气地想："你们都不管，我管。现在没时间，等退了休，我自己干！"

后来，当姜晔在"三大会战"的动员会上亮出那张A4纸，向全体民警发出"破命案积案"的号令时，冯柏林才知道自己误解姜晔了，他不是不想重启"沈记旅馆杀人案"的侦破，而是时候不到。

姜晔用了一周时间，听取以往重大命案积案的情况汇报，跟冯柏林以及参加过"95·11·29"专案组的民警频繁座谈，最终决定同时重启"女童被害案""运输船抢劫杀人案""小金山杀人案""金店持枪抢劫杀人案"以及"沈记旅馆杀人案"侦破工作。

姜晔提议市局领导每人认领一案。贺国庆认领了"小金山杀人案"，崔和平认领了"女童被害案"，田波认领了"运输船抢劫杀人案"，纪检书记认领了"金店持枪抢劫杀人案"，姜晔是"五大案件"的侦破总指挥，还挑选了其中最硬的骨头，担任"沈记旅馆杀人案"专案组组长。

当然，扛上这么重的担子，几位市局领导心里难免有压力。可话又说回来，"沈记旅馆杀人案"几乎成了死案，姜局都敢认领，自己还有什么好担心的？

"五大案件"的侦破副总指挥是冯柏林，同时他还兼任"沈记旅馆杀人案"专案组副组长。其他案件的侦破工作他当年也都参与过，对案情了如指掌，是各个专案组的"技术指导"。

各专案组开始启动的第一步，就是招兵买马，组建专案团队。

姜晔尽可能将当年参与侦破"沈记旅馆杀人案"的民警招入麾下，其中包括刑事科研所所长乔青、刑侦支队一大队教导员顾泽等，甚至几位已经退休的原专案组民警，也被他请了回来，重新披挂上阵。

当然，姜晔也给"95·11·29"专案组注入了新鲜血液，将年轻有为的刑侦二大队教导员潘晨海和办公室内勤民警肖佳丽抽调过来。肖佳丽是专案组里唯一的警花，负责会议记录、资料整理，以及通信联络。

案件重启的当天晚上，姜晔就把"沈记旅馆杀人案"的所有卷宗搬到了自己的办公室里。天气闷热，微风不起，那棵香樟树一如既往地守在他的窗外。他穿着圆领衫、大裤衩，一头扎进堆积如山的卷宗里……

白天要处理公安局的日常事务，晚上又要在这些案卷中寻找蛛丝马迹，时间久了，姜晔的睡眠出了问题，经常整夜整夜睡不着。不知多少次，失眠的他从床上爬起来，站在窗前看着满城灯火，脑子里思索着案件的突破口。这两个凶手到底隐藏在哪里？是深山老林，还是繁华都市？他们究竟是一副什么模样？

"不管躲在哪里，我一定会找到你们！"姜晔铁了心要跟恶魔一决高下。

第十一章　拨开云雾见彩虹

一

姜晔看完"沈记旅馆杀人案"的案卷后，在心中刻画出嫌疑人必备和参考的条件：两人、男性、安徽口音、皖南方向、一个一米八左右的高个子、抽烟……

决战的帷幕正式拉开了。

2017年7月2日，姜晔召集"95·11·29"专案组全体成员开会，这是重启案件侦破后的第一次工作会。会议室门口的墙壁上有一块新制作的铭牌，上写"1995·11·29专案组"。会议室内，土黄色的档案袋整齐地码放在桌面上，还有成堆的各式各样的工作笔记，其中一些磨损严重，装订线都散开了，只能用长尾夹固定。

姜晔对专案组成员进行了分工，专案组下设五个小组，分别是重要线索查证组、物证收集检验组、指纹基因比对组、大数据后台支援组、重点地区调查组。五个小组既有分工又有合作，全面梳理、查找、汇总案件的各类痕迹证物、笔录材料，从中发现疑点和问题，有针对性地开展侦破工作。

乔青是物证收集检验组的负责人，当姜晔说到专案组每个周末要召开碰头研究会时，他欲言又止。姜晔注意到了他的迟疑，会上没说什么，会后，各小组分组讨论制订方案时，姜晔来到了乔青的小组。

看到姜局来了，乔青和全组人员赶紧起立敬礼。姜晔摆摆手让他们别这么拘束，走到一把闲置的椅子前坐下，微微抬头看着乔青："说吧。"

乔青神色尴尬："姜局……您让我说什么？"

"现在给你机会你不说，过了这个村可就没这个店了。"

乔青被姜晔看透了心思，犹豫片刻，还是下决心实话实说："姜局，我想向您汇报物证收集方面遇到的难题。"

说着，乔青的目光望向靠墙摆放的一溜档案柜。每个档案柜上都贴有标签，各种案件资料分门别类，可其中一个标签上写着"1995·11·29专案组物证收集检验"的柜子里却空荡荡的，什么也没有。

乔青说，侦破重启之前，"沈记旅馆杀人案"的物证一部分保留在繁华分局，一部分保留在刑科所。但李昂副局长病逝后，"95·11·29"专案组解散，"沈记旅馆杀人案"的侦破基本处于停滞状态，物证没有专人管理。加之繁华分局和市局刑侦支队搬了几次家,这些物证目前处于"失联"状态。

姜晔沉思片刻:"按照惯例,搬家时重要物证要交由物证仓库保管,你可以带人去物证仓库找找。"

乔青立刻吩咐大家赶紧行动,姜晔又把大家叫住了:"其实这个情况我早就知道,听说前任局长也曾想重启'沈记旅馆杀人案'的侦破,就因为物证缺失,不得不放弃。我现在宣布一条,物证找不到了,不管是什么原因,都是过去的事,我不追究。从现在开始,大家尽力去把那些物证找回来,谁找到重要物证,我给他记功!"

屋子里一时安静下来,虽然没人吭声,但显而易见,姜晔的这番话打消了大家的顾虑。

放下包袱轻装前进,乔青带着物证组的同志们在堆积如山的物证仓库里一件件清理,一张纸片都不漏过。

法医最先找到了那块带血迹的白毛巾,可乔青却高兴不起来。他愁眉苦脸地向姜晔汇报:"找到了怕是也没用,时间这么久了,就凭我们刑科所的技术力量,想要在上面检测到有价值的物证,可能性基本是零。"

姜晔说:"找到了就比没有强,找到了才有破案的希望。否则,我们重启案件侦破就成了瞎子过河,就是瞎折腾。我们市局检测不出来没关系,送省厅、送公安部!"

二

乔青等人紧张地搜寻当年现场勘查留下的物证时,线索查证组和重点地区调查组已经离开菰城,奔赴浙江、上海、安徽、四川、新疆等十五个省区市;大数据后台支援组跟公安部和省厅联网,调动所有资源,对当年案卷中的信息进行分析梳理。

与此同时,"小金山杀人案""女童被害案""运输船抢劫杀人案""金店持枪抢劫杀人案"等四个专案组也调集精兵强将,摆出了决战的阵势。

姜晔作为总指挥,要参加每个专案组的案情分析会。几乎每天他都要在办公室忙碌到凌晨两三点钟,每个专案组报上来的材料,他都要认真研究。

一个周末的下午,姜晔来到"金店持枪抢劫杀人案"专案组,旁听他们每周例行的碰头会。刚进会议室,他就感觉气氛不一样。姜晔瞅着纪检书记:"看样子,好像有突破?"

纪检书记笑得嘴都合不拢:"姜局,重大发现!"

原来,他们在搜集同类犯罪案件的情况时,得知宁波市公安局刚刚破获了"绿洲金店持枪抢劫案",成功将逃亡二十多年的嫌疑人徐某抓获归案。专案组比对了两案的作案手法，发现有很多相似之处，于是派员带着当年从现场提取的物证赶赴宁波进行查证，最终确定两起案件都是徐某干的，不仅如此，还连带破了另外七起涉及其他省市的抢劫案。

姜晔拍着纪检书记的肩膀："旗开得胜，好兆头！"

这话说完没几天，物证组传来好消息，他们找到了当年在旅馆房间收集的二十六颗烟蒂。此时，随"运输船抢劫杀人案"专案组赴外地查证的冯柏林正在返回菰城的路上，听说找到了沈记旅馆的烟头，赶紧让物证组拍照发给他，查看是否生霉了。正值梅雨季节，仓库内潮气很重，加之过去这么多年，如果烟头生霉，那就毫无用处了。

看过物证组发来的照片，冯柏林很惊讶。这些烟头在仓库的杂物堆中沉睡了二十二年，竟然完好无损。返回菰城后，他顾不上回家，直奔刑科所查看那些烟头。当年正是冯柏林把这些烟头收集起来的，不知经由谁的手，放进了物证仓库。冯柏林真想好好感谢一下这位有心人。这位不知名的民警非常细心，他先用纸巾把烟蒂包裹起来，才放进密封的塑料袋里，起到了很好的防潮作用，使检材这么多年来一直保持干燥。

这些检材十分珍贵，而且数量有限，一旦损坏，不能再生。有人担心菰城市局刑科所技术力量有限，建议将烟头送到省厅的DNA实验室。已经担任刑科所政委的徐盛却很有信心，立即向姜晔和冯柏林请战："姜局，冯政委，你们放心,我会保留一部分检材,不会全部用掉。"

徐盛是冯柏林的徒弟,他当然希望由徐盛来完成这个任务。姜晔也完全支持,鼓励徐盛说:"你肯定行,我们等你的好消息。"

徐盛把自己关在实验室,开始做基因试验。一份新鲜的检材,完成基因检测一般只需三天,但保存了二十二年的检材就难说了。徐盛知道成败在此一举,如果检测不出结果,还把检材浪费了,那自己可就成千古罪人了。他一头扎进实验室,每次取样都采用非常规的方式,从一个烟蒂上切取一小片。烟蒂的海绵上浸有焦油,会影响检测结果。他就采用醇化浓缩的方式,在保证能够出结果的前提下,把杂质全部去掉。

在实验室里连续奋战了十个昼夜,徐盛从二十六个烟头中检测出九个男人和一个女人的基因,其中有沈记旅馆老板和老板娘的,有在屋里打牌的桐庐商人的,也有前去查赌的派出所民警的。其中,十一个"盛唐"牌香烟的烟头是检测重点,两个凶手,一人留下六个烟头,另一人留下五个烟头,徐盛把它们编为一号和二号样本。没想到,把辛辛苦苦提取的基因样本输入数据库,竟然一无所获。他又把一号和二号样本的男性家族基因数据发往全国各地的基因实验室进行比对,还是没有结果。徐盛纳闷儿了,难道这两人在各自的家族中都是独苗,他们的家族里没有其他人了?

碰头会上，徐盛汇报了检测结果。姜晔心里焦虑，嘴里却安慰徐盛说："别急，再想想办法，和全国地区级的基因数据库都碰撞一下，别留死角。"

回到办公室，姜晔愁眉不展，感觉"沈记旅馆杀人案"又走进了死胡同。田波看出了他的焦虑，试探着问："这两个凶手会不会已经不在人世了？如果早就死了，我们再怎么折腾也没有结果。"

姜晔看了田波一眼："你的意思，我应该鸣金收兵？"

田波不敢说话了。屋子里一时陷入尴尬的沉默。

姜晔站在窗边，盯着外面的香樟树，半响才开口："活要见人，死要见尸。"

三

徐盛抱着试试看的心态，到全国一些地区级的基因数据库进行比对，奇迹出现了，他在芜湖市的基因数据库中，比中了一名叫柳长生的人。前不久，他因打架被派出所处理，同时采集了血样。徐盛把他的基因数据与二号样本进行比对，两者的家族基因存在89.7%的相似度。

这个结论，介乎有意义和没意义之间。说有意义，是因为毕竟这是最接近的一个结果；说没意义，是因为这个

89.7%的相似度差距还是不小，在排查上也有难度。

周日的研讨会上，姜晔听了徐盛的汇报，问冯柏林有什么意见。冯柏林说："这个柳长生是南县人，二号凶手抽的是盛唐牌香烟，说话是南县口音，我觉得有必要对南县的柳氏家族进行家族基因排查。反正就是两个结果，或者家族基因相差越来越远，那就排除了当地柳氏家族；或者越来越近甚至完全比中，那就证明凶手就在南县柳氏家族中。"

这是二十二年来警方离凶手最近的一次，姜晔随即拍板，由冯柏林、顾泽带队前往南县，对柳氏家族进行摸底排查。临行前，徐盛对专案组所有成员简单讲解了家族基因检测技术，让每个人熟练掌握具体操作流程。

专案组在南县梳理柳氏家族分支、绘制家谱，重点围绕柳长生家族，在高柳村、柳家湾、苍溪村展开排查，采集的检材每周一次送回菰城，由刑科所检验。

这么大的动静，难免引起村民的注意。专案组民警在当地政府工作人员的配合下，对外声称排查的目的是进行家族谱系研究，了解家族迁徙史，才得到村民的配合。

在高柳村的第一次取样比对结果表明，二号样本的祖辈在三百年前跟这个村子的柳氏家族属于同一支脉，第二次、第三次取样比对的结果更加接近，根据比对结果推测，柳长生跟凶手的爷爷应该是堂兄弟关系。

随即，一个叫柳园园的男人进入专案组的视线。此人从小练武，一直没成家，在社会上到处晃荡，2010年莫名其妙地自杀了。专案组民警马上联想到，会不会是杀人犯罪后精神压力太大才自杀的？如果真是这样，警方多年来没能找到凶手的踪迹，也就有了一个合理的解释。

柳园园死去多年，从骨灰中无法提取到有检测价值的生物信息，专案组想方设法寻找柳园园的指纹或者衣物，终于从村委会主任那里找到一份柳园园摁了红手印的拆迁合同。然而，比对结果跟两个犯罪嫌疑人都对不上，专案组民警大失所望。

这时候，专案组的嫌疑名单上只剩下两个名字，一个是本地开发区管委会的副主任，一个是从美国留学归来、目前在深圳工作的高才生。这两个人无论年龄还是经历，都不符合两个犯罪嫌疑人的特征，但专案组还是设法取得他们的基因样本进行比对，最终排除了他们的嫌疑。

眼看离凶手越来越近，却始终差这么一点儿，冯柏林不甘心。8月7日立秋这天，冯柏林一行第三次前往高柳村走访。村主任说村里有一位八十多岁的柳姓老人，说不定他知道柳氏家族中还有哪些旁支。其实，之前冯柏林已经走访过这位老人，并无收获。冯柏林寻思，老人年纪大了，记性时好时坏，保不齐这次能想起点儿什么呢？于是再度上门拜访。

老人家的电风扇坏了，屋里非常闷热，老人的衣衫都被汗水浸透了。冯柏林对顾泽说："你不是修理电器的高手嘛，赶紧试试手。"

顾泽二话不说，搬个小凳子坐下，就开始肢解电风扇。冯柏林和老人一边看着顾泽修理，一边闲聊。很快，顾泽就把电风扇拼装好，试机，能正常启动。冯柏林正要起身告辞，老人忽然说："'文革'前村里有两兄弟搬走了，弟弟一直没成家，也没有后人，哥哥倒是有一个儿子，是个挺有名气的作家，叫柳一沙。"

老人说到"柳一沙"的名字时，屋外突然响起两声炸雷。冯柏林吓了一跳，扭头看看窗外，进屋的时候还是大晴天，现在却是乌云密布，随着雷声滚滚，密集的雨点落了下来。

老人挽留他俩，让他们等雨小点儿再走。冯柏林哪里等得及，和顾泽一头扎进雨里，上车就往回赶。

急火火回到专案组驻地，两人从网上把柳一沙的个人资料调出来一看，心跳都不由得加快了。柳一沙的身高、体态和年龄，跟二号嫌疑人非常相似！

难道真应了那句老话，踏破铁鞋无觅处，得来全不费功夫？

四

8月8日下午，冯柏林带队直奔柳一沙在南县的家。一行人都穿着白大褂，一副搞科研调查的模样。去之前，为了稳住柳一沙，冯柏林假戏真做，给柳一沙打了个电话，介绍说自己是社会科学院的工作人员,请他在家中等候,协助做一项调研。顾泽有点儿不放心:"万一他就是凶手,我们会不会打草惊蛇?"

冯柏林胸有成竹:"不会的,他一跑反倒暴露了自己。"

柳一沙不在家,但说半个小时就能回去。半小时后,冯柏林走进柳一沙家的小院,在院子里四下转悠一圈。小院不是很大,最东面有个小门。

顾泽走进柳一沙的家里,被占据整整一面墙的书柜惊呆了,有这么多书的人,能是杀人犯?他的心里又忐忑起来,会不会又是空欢喜一场?

柳一沙表情淡定地招呼众人落座。之前冯柏林已经在电话中说明了采集血样的缘由,双方简单寒暄了几句,顾泽就打开了医用器械盒。正准备采血,里屋门口有个人影一晃,转瞬即逝。冯柏林不知道家里还有人,正向里屋的方向张望,忽听柳一沙一声暴喝:"不许出来!"

大家都被吓了一跳。冯柏林感觉心里有什么东西被触动了,饶有兴致地打量着柳一沙。

没过多会儿,那个人影又悄悄出现在门口。事先有了心理准备,人影刚探出头,冯柏林和顾泽就注意到了,是个十岁出头的男孩儿,正好奇地朝他们这里窥探。

"回去!跟你没关系!"柳一沙也看到了男孩儿,再次呵斥。继而,他意识到自己的失态,朝冯柏林抱歉地笑笑,

"小孩子，什么都好奇……"

血样采集完毕，几个人离开柳一沙的家，冯柏林问顾泽："这个作家倒是很配合我们的工作，不像别人，问东问西的，你觉得是他吗？"

"我觉得……"顾泽拿不准，话只说了半截。

"你别吓唬我啊，如果不是他，我又白折腾了。"

顾泽疑惑地看着冯柏林："你的意思……就是他了？"

冯柏林笑而不语。

他没有和顾泽等人一起回专案组驻地，而是带着刚采集的血样，连夜赶回菰城，亲手把血样交到了徐盛手里。

徐盛快马加鞭，对样本进行基因检测。8月10日下午，终于走到了最后一步，冯柏林专程送来的那份样本和烟头里提取的基因数据竟然完全匹配！徐盛简直不敢相信这是真的，使劲儿揉揉眼睛，屏幕上的基因图谱整齐排列，泛着绿莹莹的光亮。他仔细数着一个个标记点，感觉自己的心快跳出来了。

不会错，完全一样！

徐盛担心自己在实验室熬的时间长了，因为疲劳出现了幻觉，索性把软件关掉，一会儿重新打开，再看一遍，还是这样！

这次他不犹豫了，抓起手机拨通了姜晔局长的电话，用颤抖的声音说："报告姜市长、姜局，出来了、出来了，一样一样的……"

姜晔开始没听清徐盛说什么,听他的声音带着哭腔,忙安慰说:"怎么啦徐盛?你别焦急,有事慢慢说,什么出来了?"

徐盛放慢语速说:"采集的血样,经过家族基因比对,完全一样,成功锁定二号犯罪嫌疑人了!"

起初姜晔没听懂,片刻后才意识到徐盛说的是什么意思。幸福来得太突然,他也和徐盛最初的反应一样:"你确定?保证不会有差错?"

徐盛说:"完全一样,成功锁定二号嫌疑人了!我保证!"

几分钟后,再次回到南县的冯柏林也接到了徐盛的电话。

这个结果,冯柏林等了两天。同样,柳一沙也等了两天……

千里之外的南县专案组成员和配合他们的民警们得到消息后,顿时沸腾了,相互击掌庆贺。

当天晚上,专案组与当地公安民警聚在一间会议室,商讨抓捕柳一沙的方案。最初,办案民警担心他们去柳一沙家里采血后,会引起柳一沙警惕,离家潜逃。那就麻烦了。后来经过当地派出所民警侦查,确定柳一沙还在家里。

崔和平副局长发狠地说:"死的不要,一定要抓活的!"

第十二章　躲过初一躲不过十五

一

"白银案"告破时，柳一沙就开始关注基因生物鉴定技术，以及一些依靠这种技术侦破的命案。关注得越多，他就越绝望，他已经预料到自己的结局了。

夜里，他又失眠了。过了几年安稳日子，他本以为逃离了那股阴冷气息的纠缠，没想到，它们还是不肯放过自己。现在的情况，跟当年又不一样了。女儿大了，可儿子才十一岁，自己走了，儿子怎么办？焦虑得不到排遣，他就出去喝酒打麻将，经常通宵达旦，把自己折腾得筋疲力尽。

就这样浑浑噩噩，他把日子过到了2017年的夏天。

一个多月前，南县的老百姓都在议论一件事，说政府派了一批搞科研的专家，在高柳村采集血样，调查柳氏家族的迁徙和分布情况。很多人信以为真，尤其是柳氏家族中的不少人都期待着专家们把他们的家系梳理出来，弄清自己是柳氏的哪一个分支，了解自己家族的历史。

只有柳一沙清楚，那些穿白大褂的并不是科研人员，而是追踪他的警察。

"我该怎么办？"他在心里一遍遍问自己。

其实，他什么也做不了，只有在恐惧中等待。

8月8日下午，正在校刊编辑部的柳一沙接到了一个陌生电话，对方自称是在高柳村搞柳氏家谱调查的科研人员，想找他抽血取样。柳一沙脑子里"嗡"的一声，尽管他知道早晚有这一天，可是，当追猎者的脚步迫近的时候，他还是觉得太突然了。

略一迟疑，他回复说："我在学校，一会儿回家，你们过半个小时来吧。"

关了手机后，他的心脏剧烈跳动，但没有丝毫迟疑，快速赶回家里。

柳一沙在南县买了房后，儿子女儿都跟他住一起。王淑兰在村里办幼儿园，周末偶尔过来一趟。女儿白天上班，正值暑假，家里只有儿子一个。柳一沙匆匆赶回家，他要在警察上门之前把儿子安排好。

"一会儿爸爸有几个朋友来家里谈事，你待在里屋看书，不要出来捣乱。"

儿子点头。

他还不放心，又叮嘱："记住了，不准出屋子！"

叮嘱完儿子，他回到自己房间，想收拾一下屋子，就听到外面小院有说话声，忙去开门，三位穿白大褂的人走进屋。他只瞟了他们一眼，就移开了目光。

他不敢多看他们。

"快坐，家里挺乱……"柳一沙指着沙发说。屋里只有两个单人沙发，旁边还有一把椅子，是他写作用的。

冯柏林一行来抽血的时候，儿子还是忍不住好奇出来窥探，遭到柳一沙的呵斥。他焦虑的声音，引起了冯柏林的怀疑。

原本柳一沙以为，说不定这次自己就直接被警察带走了。等冯柏林等人采完血样离开，他实在绷不住了，瘫倒在沙发上，几乎虚脱。

好不容易缓过神来，他拿起手机翻找通讯录。在联系人的最下方，他终于看到了王佳亮的名字，这个熟悉又陌生的名字，让他感觉恍如隔世。暗夜中的杀戮，惊恐中的奔逃，像电影画面一般出现在他的眼前。

这些年王佳亮一直在上海，帮着弟弟打理生意，弟弟干脆让他当了公司法人，自己做幕后老板。估计王佳亮的日子过得不错，柳一沙带着一丝幸灾乐祸的心情，拨通了王佳亮的电话。

毕竟很久没联系了，听到柳一沙的声音，王佳亮起初很意外，继而是惊喜："一沙？你这些年过得怎么样？"

柳一沙没心情跟他寒暄。对于他们俩来说，什么寒暄都是多余的，两个该死的杀人犯，还学什么正常人？他说："我今天被采血了，很快警察就会来抓我，我是不想跑了，到时候，我肯定会把你供出来。"

　　此刻，柳一沙的心情已经渐趋平静，相反，还隐隐有点儿看热闹的兴奋。然而，对方的反应出乎他的意料，王佳亮根本不在乎，或者说，并没有意识到事情的严重性。"别自己吓唬自己，都过去这么多年了，不可能查出来。你都这么大岁数了，别总跟个小孩子似的。"

　　柳一沙懒得再解释，干脆挂断了电话。这个王佳亮，简直太蠢了，都到这个份儿上了，还给我当教师爷。当年我为什么对他言听计从？柳一沙在心里叹息。转而，他又想到自己的处境。被警察抓走之后，老婆孩子怎么办？思来想去，脑子里一团乱麻。

　　客厅里一点儿动静没有，儿子以为柳一沙也出门了，蹑手蹑脚从里屋出来，经过书房门口，看到柳一沙坐在沙发上发呆，又慌忙躲回自己的房间。

　　柳一沙视而不见，目光空洞地望着窗外渐暗的天色。直到房门响动，女儿下班回家，他才意识到该做晚饭了。

　　因为心不在焉，晚饭做得很潦草，儿子嘀嘀咕咕嫌弃不好吃。柳一沙心里说，爸爸要走了，以后没人给你做饭了，你要自食其力了……

儿子闹情绪，女儿也跟着添堵，说自己刚换了个新手机。他忍不住数落女儿不知道节俭，日子刚刚好起来，就开始嘚瑟了。嘴上骂着，他心里想，等我走了，你要再这样乱花钱，能气死你妈……

晚上，他给妻子写信，打了好几遍草稿，又认真誊抄一遍。

"……今天公安来家里采集了我的血样，为的是二十多年前那个案子。你不是总唠叨，我们老柳家是不是上辈子作了孽，儿子女儿都让我们操碎了心吗？我今天告诉你，其实，是我作了孽！二十多年前我杀了人，我手上沾了别人的血。这二十多年，你看到我过的是什么日子，生不如死……"

第二天早饭后，柳一沙打发女儿和儿子回老家。"回去跟你妈住几天，在这里烦死我了。"

两个孩子很委屈，不明白自己做错了什么。女儿带着弟弟一出门，就给妈妈打电话："爸爸把我们赶出来了。我急着去上班，你来接我弟弟吧。"

王淑兰听了很生气，怎么能跟孩子赌气？又是哪根筋不对了？

把女儿和儿子打发走，柳一沙着手处理后事。他骑着电动车去了学校，门口的保安看到他，像往常一样打招呼，他只是点点头，就匆匆而过。保安看着他的背影，寻思柳老师大概是心情不好，以往他不这么冷淡的。

柳一沙来学校，为的是清理自己的物品，再拖怕是没机会了。他把办公电脑里跟自己有关的文档都删了,把自己的东西打包,然后匆匆忙忙往家赶。他不敢在外面耽搁,担心警察的动作太快,万一在学校或者大街上被抓,他好歹也是"著名作家",当众出丑,太丢人了。

直到这时候,他还是很在意自己的形象。

其实,他很想回乡下的家里看一眼妻子,最终还是打消了这个念头。面对王淑兰,他能说什么呢?说了,王淑兰受得了吗?

他估计,警察最迟应该在9日下午再次出现——血都抽了,还等什么?回到住处,他处理掉电脑上的一些文稿,把里面的很多稿件毁掉了。处理这些的时候,他很平静,就像他只不过要出去旅行,不久还要回来一样。

然后,他坐在沙发上,时刻注意着外面的动静,一分一秒地数着时间。然而等到深夜,警察也没有出现。

他觉得时间过得太慢了,太难熬了。书柜里面的菩萨安静地望着他,他恭恭敬敬地敬了三炷香。多亏了菩萨的保佑,他才多活了二十多年,有了儿子,还成就了当作家的梦想。只可惜,菩萨不能保佑他一辈子,提心吊胆二十多年,这一天还是来了。

他又想起了王淑兰。这辈子,他最对不住的就是这个女人。回想着两人结婚以来的一幕幕,不知什么时候,他的泪水盈满了眼眶。"对不起你,我对不起你……"

不吃不喝的柳一沙就这样熬到了10日晚上，两天的时间，就像过去了一个世纪那么久远。他觉得自己快要窒息了，突然间从沙发上弹起身子，掀翻了客厅里的茶几，砸烂了一把椅子，摔了几个茶杯，还在一面墙上留下了几个脚印……

不知谁家的老式挂钟在报时，一下，两下，三下……柳一沙侧耳谛听。钟声敲响十二下，已经是11日凌晨了。再这样熬下去，他怕警察没来，自己先疯了。柳一沙索性脱了衣服躺到床上，逼着自己睡一会儿。

迷迷糊糊中，听到外面有个女人的声音："柳一沙在家吗？"

好像是女邻居。他半梦半醒，疑心自己在做梦。女邻居又喊："柳一沙，有两个朋友找你，怎么不开门啊？"

他看了看手机上的时间，凌晨1点15分。

终于来了……

二

柳一沙的第一反应是赶快把门打开，不要让警察砸门冲进来，最好是无声无息地被警察带走，否则，在街坊邻里面前被戴上手铐，太难堪了。

"等一下，等一下……"他顾不上穿衣服，匆忙起身开门。

顾泽第一个冲进来，把柳一沙按住了。后面源源不断进来的警察，把屋子塞得满满的。两名民警反扭住柳一沙的胳膊，将他从地上拽起来。

柳一沙哀求："别别，我不动……"

抬起头，眼前是个端着相机的民警，正对着他按下快门，闪光灯晃得他睁不开眼。柳一沙懊悔不迭。他上身穿T恤衫，下身只穿了一条大花裤衩，这形象太拉胯了，明天电视和网上都是这张照片，样子太难看了，应该穿上裤子再开门……他心里有些生气："我好心快点给他们开门，他们却这样对待我！"

他的担忧很快得到印证，这张照片的确上了媒体。认识柳一沙的人，都见过他身上的这件T恤衫。当年他出版第一部作品举办研讨会时，穿的就是这件T恤，到现在少说十几年了。这是他少有的能拿得出手的衣服，看得出他其实是个很俭省的人，哪怕经济条件改善了，也很少给自己置办衣物。

警察拍完照，他带着点儿责怪的口气说："我等你们两天了，你们怎么才来……"

远在菰城的姜晔一直在办公室等消息。得知柳一沙落网，他松了一口气。不过，还有一个同伙依然逍遥法外。不久，专案组反馈，柳一沙对当年的罪行供认不讳，而且交代了一起作案的同伙王佳亮。此人目前在上海，专案组正在前往抓捕的路上。

姜晔继续等待。天亮时分，专案组向他汇报，王佳亮在浦东落网。

姜晔站起身，拉开了窗帘。晨光下，香樟树像是被镀上了一层又一层金边，晃得他的眼睛微微刺痛。姜晔伸手从窗口拽了一片香樟树叶，放在鼻尖，幽幽的木香一直浸润进他的心肺，仿佛回到了故乡。呼吸着枝叶散发的幽幽香气，困倦如洪水般席卷而来，冲击得他眼眶生疼。

他已经忘记自己有多久没睡觉了。

柳一沙落网后，专案组在南县驻地对他进行了初审。柳一沙承认二十二年前参与了"沈记旅馆杀人案"，他说："我早就知道会有这一天，我不想跑，能跑到哪里呢？我这两天一直在等你们。"

被押进看守所的当晚，柳一沙半夜从梦中醒来，看了看周围，居然松了一口气，安心地倒头又睡了。这是他最近一年来睡得最安稳的一觉，尽管戴着脚镣手铐，但精神上彻底放松了。

冯柏林一直惦记着那双特殊的高帮登山鞋，这是他心里的一个结。在菰城看守所讯问柳一沙时，问他："作案时你穿的那双登山鞋是从哪里买来的？"

柳一沙对那双鞋的印象太深了，花了一百五十块钱，很长时间以来，都是他最贵的一双鞋。柳一沙交代，是从一个姓张的村民手里买的。有一次他们凑在一块儿玩，柳一沙看到他的鞋很好看，问他在哪里买的。张姓村民炫耀说，这种鞋在外面根本买不到，是出口的，专门卖给外国人穿。他打工的那个工厂起火，着火车间里的那批鞋作为次品处理给了员工。柳一沙就买下了他脚上穿的那双鞋。对方开价一百五，柳一沙没还价，痛痛快快付了钱，对方当场就把鞋脱下来给他了。"基本上是新鞋，"柳一沙说，"他也就穿了一两次。"

冯柏林暗暗叹息，心里无限遗憾。当年，他差一点儿就触摸到真相了。可他犯了经验主义的错误，认定犯罪嫌疑人有前科，为此耗费了巨大的人力物力，苦苦追寻了二十多年。没想到，柳一沙和王佳亮都是白纸一张……

冯柏林心里有说不出的痛。

专案组返回菰城后，冯柏林和顾泽等人专门去李昂的坟前拜祭，将抓获柳一沙和王佳亮的喜讯告知长眠的老领导。老领导喜欢抽烟，他们将点燃的香烟放在墓碑前："李局，案子破了，你终于可以安心了……"

三

柳一沙落网的第二天，消息就在网上传开了，当然也传到了柳一沙的村子里。村里人都知道了，只有王淑兰蒙在鼓里。王淑兰节俭，多年前的老手机一直将就着用，老手机不能上网，平时看不到网上的新闻。

早上王淑兰一出门，就发现了古怪。村子里的人一夜之间忽然变得陌生了，他们凑在一起议论什么事情，看到她走近，立刻住嘴，四下散开。一次两次还好，次数多了，王淑兰心里就开始犯嘀咕，这是怎么了？我们家得罪人了吗？

王炳义是从儿子那里得知姐夫杀了人的。12日那天中午，儿子一惊一乍告诉他："爸爸，我姑夫杀人了！"

王炳义笑了："他会杀人？真有杀人的本事，他早好了。"

儿子把手机递给他："你自己看。"

王炳义这一看，顿时目瞪口呆，缓过神儿来，慌慌张张骑上摩托车直奔姐姐家。把摩托车停在姐姐家的院子里，没等熄火就跑进屋子里："姐，我姐夫被抓了！"

王淑兰正在做饭，弟弟说得没头没脑，她一时没反应过来："你说啥？"

王炳义掏出手机按来按去，双手抖得不成样子，终于翻出了一条新闻。王淑兰凑上前，还没看清文字，柳一沙被两个警察一左一右拧着胳膊的照片就映入眼帘，只觉得一阵天旋地转。

就在昨天晚上，她还跟女儿说："家里又存下一些钱了，足够你弟弟两年的学费。接下来就该给你攒了，到时候，让你爸爸带你到北京，再做一次眼部修复手术。"

她做梦也想不到，对今后日子的设想，竟然成了泡影。

"我不信他杀人了,我要找他当面问个清楚。"说着,王淑兰摘下围裙就要出门。

王炳义一把拽住她:"他是被菰城警察抓走的,你去哪儿找啊……"

王淑兰呆立在原地,两眼直直地瞪着弟弟,泪水渐渐溢出了眼窝……

8月14日,菰城市公安局召开新闻发布会,公布了"沈记旅馆杀人案"的侦破进展。8月15日,作为犯罪嫌疑人家属,王淑兰接到了刑事拘留通知书。王淑兰想不明白,自己一辈子与人为善,为这个家日夜操劳,眼看日子有盼头了,怎么一夜之间就成了杀人犯的家属……

王淑兰只有以泪洗面。王炳义懂一些法律,安慰她:"姐,你也别太想不开,案子过去二十多年了,我姐夫未必就判死刑……"

但这只是王炳义的一厢情愿。

柳一沙案件的确已超过二十年的追诉期,现行刑法典第七十六条规定,如果二十年后认为必须追诉的,须报请最高检核准。菰城检察机关认为,王佳亮、柳一沙的作案手段特别残忍,后果特别严重,虽已过二十年追诉期,但社会危害性和影响依然存在,应予追诉。层层上报后,最高检依法作出核准追诉的决定。

于是，菰城检察机关启动了对柳一沙和王佳亮的刑事追责。2018年6月7日，菰城市中级人民法院开庭审理此案，菰城检察院检察长担任公诉人，公安局长姜晔到场旁听，这是菰城司法史上首个"三长同庭"的案件。

庭审期间，公诉方出示了大量证据，其中包括警方调查期间录制的受害人家属的视频。在出示其他证据时，柳一沙的表情一直很平静，看到视频中的受害人家属，他终于绷不住了……

四

沈记旅馆的老板、老板娘和十二岁的孙子被害后，他们的儿媳妇孙明娇就精神失常了。

那天早上，孙明娇和丈夫沈南赶到旅馆时，被警察拦在了外面。她焦急地向里面张望，问维持秩序的警察到底是怎么回事，但得不到正面的回答。

儿子死了？怎么可能呢？昨晚儿子还缠着她说："妈妈，这个周末轮到我出黑板报了，我得去买本画册照着画。"

没等孙明娇回答，他又有了新题目："妈妈，给我买个变形金刚吧，我们班男生都有，我也要。"

孙明娇抬起手，作势要打他的头："你是个吞金兽啊，天天买买买,再闹我打烂你的脑壳!"

"那我今晚跟你回家,我都好多天没在家睡了。"

孙明娇也想让儿子回家睡,可刚刚接了个活儿,给童装城加工衣服,儿子回家捣乱,会耽误她干活儿。于是,她还是把儿子留在了爷爷奶奶这里。此刻,她后悔不迭,要是把孩子带回家,就不会……

旅馆门前停着警车,拉起了警戒线,引来许多人围观。其中有不少是沈老板夫妇的邻居,都一个劲儿叹息:"沈老板两口子多好的人啊,还有那个小孙子,活蹦乱跳,见人就叫,谁不喜欢啊……"

"听说孩子的脑壳都砸烂了,什么深仇大恨,下手这么狠!"

孙明娇脑子里嗡的一声,似乎还伴着"咔吧咔吧"的声响,仿佛是某个正在运转的精密仪器出了故障,在哪儿卡住了。她的眼前突然闪出无数道金光,每一道金光都映着儿子灿烂的笑容。在金灿灿的光线中,儿子向她奔跑过来。"妈妈,我要跟你回家……"

她下意识地朝虚幻中的儿子伸出手,要把他紧紧抱在怀里……

耳边响起一片惊呼,她似乎听到丈夫的声音:"明娇,明娇,你怎么了……"

孙明娇是在家里醒来的。

醒来的孙明娇精神就不太正常了，天天站在家门口，见人就说："是我敲烂了儿子的脑壳，那晚他要跟我回家，我说你再闹，我就敲烂你的脑壳。"

路过的人听她这么说，都叹息一声，默默转身离开。孙明娇就继续等下一个路过的人，一遍遍重复那些话。时间长了，桐树镇的人宁愿绕道走，也不敢从她家门口经过了。

在家门口等不到人，孙明娇就往街上走，哪儿人多去哪儿，哪个店铺热闹就进哪个店铺。只要她一进去，店铺里的客人立即就走光了。时间长了，店铺主人受不了了，找到她老公沈南，让他管好孙明娇。

沈南带着妻子到处求医问药，中医西医都看了，土方洋方都用了，就是不见效。父母和儿子惨遭毒手，妻子又变成这个样子，沈南心力交瘁。后来，他从亲友家收养了一个女孩儿，用来转移孙明娇的注意力。万幸的是，自从这个孩子来到她身边，她的状态稳定了很多，虽然没恢复正常，可家里有个孩子让她牵挂着，她至少不再到处乱跑了。

在庭审现场播放的视频中，满脸沧桑的沈南穿着破旧的夹克，对着镜头无声无息地淌眼泪，泪水顺着面颊流淌，他却像是丝毫没有察觉。从头到尾，他几乎没说出一句完整的话，越是这样，越让人心碎。

另一段视频的内容，是被柳一沙和王佳亮杀害的山东客人的家人。

山东客人的媳妇刘菲是个全职妈妈,丈夫遇害时,儿子大鹏刚满周岁,家中还有个六十多岁的母亲,平时全靠丈夫一个人养家,小日子过得平凡而又温馨。

刘菲相貌出众,不仅她自己,老公也一直引以为傲。她爱打扮,丈夫就想方设法满足她,让她穿得漂漂亮亮的。两人一起上街的时候,赚足了回头率。可这一切,止于沈记旅馆那个黑暗的夜晚……

对于亲生父亲,大鹏没有任何记忆。

刘菲是在大鹏三岁那年改嫁的,没有走远,嫁给了镇上的菜贩子老鲁。老鲁年轻时家里穷,娶不起媳妇,等到靠贩菜赚了点儿钱,年龄已经不小了,加上他脾气不好,没有女人愿意跟着他受气。刘菲跟老鲁结婚后,怕大鹏受委屈,就把他放在奶奶家。

去菜市场买菜的老街坊经常能看见刘菲跟老鲁干架,到奶奶家串门,聊起这些,奶奶只有叹息。大鹏假装低头写作业,其实,有关妈妈的每一件事,他都装在心里。

放学后,他经常绕路到菜市场看看,看妈妈忙碌地称菜收钱,看妈妈端着盒饭蹲在菜摊前狼吞虎咽,看妈妈跟老鲁在一起的喜怒哀乐。他小心翼翼,尽量不让妈妈发现。有时妈妈的视线有意无意地转向他的方向,他就赶紧低头走开。上高中以后,他去菜市场去得更勤了,几乎成了雷打不动的习惯。

一天下午，学校组织活动，活动结束的时候天已经快黑了。那天天气还特别潮热，大鹏本不想去菜市场了，他估计妈妈应该已经收摊了。可不知怎么，他就是管不住自己的两条腿，不由自主地又向菜市场走去。

夜色下的菜市场没有了白天的喧嚣，地上到处是烂菜叶和各种颜色的塑料袋，不远处，还有卡车在卸货。妈妈的菜摊亮着灯，但大鹏没看到妈妈的身影。他迟疑着悄悄走近，隐约听到菜案下老鲁的骂声："你松不松手？我让你耍狠，今天不给你打过来，算我白活了！"

菜案下面，老鲁正把刘菲按在地上抡拳头，刘菲的右手也扯住老鲁的一只耳朵不放。大鹏一个箭步冲上去，手掌撑住菜案麻利地越过，随即一脚把老鲁踢翻。

看清是大鹏，刘菲顾不上老鲁，从地上爬起来："大鹏，你怎么来了？"

大鹏用手戳着躺在地上的老鲁的头："你以后再敢动我妈一根手指头，我就废了你！"

刘菲紧紧抱住儿子，泪流满面。这是大鹏记事以来第一次跟母亲亲密接触，他有点儿不习惯，可他甩不开母亲的怀抱，只觉得身上潮乎乎的，分不清是自己的汗水还是妈妈的泪水。

老鲁看明白是怎么回事，动了恻隐之心，火气也没了。他不想跟大鹏计较，又不愿太没面子，只好掸掸身上的土，自己给自己找台阶下:"哭个啥,你还委屈?你看我这耳朵,差点儿被你揪掉……"

几个装卸工路过,看到这一幕,忍不住打趣:"老鲁,一家三口演电视剧呢?"

老鲁骂骂咧咧:"演你娘的蛋!滚!"

装卸工们哄笑着走远了。大鹏看着他们的背影,忽然问了老鲁一个跟眼下的战局丝毫不搭调的问题:"干装卸工挣钱多不?"

老鲁一愣,还没想好怎么回答,刘菲又哭开了:"你要好好读书啊,读书才能有出息,不然我怎么对得起你死去的爹……"

大鹏不耐烦地把妈妈的手从自己身上掰开:"你能不能别哭了,我快被你烦死了!"

老鲁在一旁不住点头:"你妈就这样,我也快被她烦死了。"

这是大鹏十六岁那年最揪心的记忆……

庭审现场播放的视频中,二十多岁的大鹏已经是菜市场的一名装卸工了,每天拖着平板车来回奔忙。大鹏对着镜头说:"我什么赔偿都不要,就想要我爸爸……"

当年小镇上的镇花刘菲已然变成了富态的大妈,她对着镜头说:"案子一直没破,我婆婆走的时候都没能合眼……"

录制视频的过程中,不时有人过来买菜,她就边招呼顾客边对着镜头说话。说到儿子大鹏时,刘菲扭头瞅了一眼老鲁:"我儿子就是你儿子,你要是对他好,他以后给你养老。"

正在给顾客装菜的老鲁"哼"了一声:"行,我等他养老……"

视频播放完,柳一沙的眼角挂着泪水。但他并不是因为自己的罪恶忏悔,而是突然想到自己的儿女今后没爹了。这么多活着的人都在为他的罪恶买单,都在为他的罪恶承受苦痛,而此时此刻,柳一沙想到的只有自己。

落网之初,柳一沙知道自己罪不可赦,只求速死,希望能尽快判决。但在看守所关了一年后,他又有了求生欲。在法庭辩论环节,柳一沙把所有责任都推到了王佳亮头上。

柳一沙辩称,自己用锤子敲击山东客人头部的时候,山东客人已经被王佳亮砸死了,实际上他砸的是一个死人;还有,敲诈勒索沈老板,是王佳亮临时起意,并且沈老板也是死于王佳亮之手;沈老板的妻子也是王佳亮用锤子砸死的,与他没有关系。但无论他如何狡辩,也改变不了他亲手杀害沈老板孙子的事实。

王佳亮跟柳一沙同时受审,他一直保持沉默,听凭柳一沙甩锅。他比柳一沙看得清楚,以他们的罪行,枪毙几个来回都够了,哪怕口吐莲花,也改变不了法院的判决。这个时候的王佳亮,已经放弃了求生的希望。

王佳亮落网后接受讯问时,警方问他为什么要带着柳一沙去桐树镇抢劫杀人,他说是为了帮助柳一沙"脱贫",省得柳一沙三天两头跟他借钱。柳一沙很小的时候王佳亮就认识他,也很欣赏他,觉得这个爱读书的孩子日后必定有出息。一度,他俩成了"知己",干什么事都在一起,直至一起犯下滔天罪行,最终一起毁灭……

菰城市中级人民法院公开宣判,判处王佳亮和柳一沙死刑,并报请最高法核准。

五

在等待死刑核准的日子里,王淑兰来过看守所一次,给柳一沙带了些衣物。当然,根据看守所的规定,他这种情况,是不能跟家属见面的。王淑兰把衣物留在看守所,请民警转交。她问看守民警,柳一沙有没有话留给自己,民警摇头。王淑兰的眼泪顿时就掉下来了,她蹲在地上,头埋在臂弯里:"柳一沙,你太狠心了!到死你一句话不留!你倒是给我留了个烂摊子家,往后的日子我怎么过……"

从此,王淑兰再也不来看守所了。

正如柳一沙所愿。他不希望家人记着自己、想念自己,最好能把他彻底忘掉,就当他从没来过这个世界。

一死百了。

柳一沙落网后,受影响最大的,恐怕是他的儿子。孩子没法儿在原来的学校读书了。一到课间,其他班级的同学们一拨一拨拥到他的教室来,看杀人犯的儿子长什么样。当他抬起头跟他们对视的时候,同学们惊恐地一哄而散,好像他也是杀人犯。

不得已,王淑兰的妹妹把孩子接到了自己教书的学校,不仅照顾他的生活,还从心理上对他进行疏导,让他集中精力读书,不要因为爸爸的事受影响。

王淑兰留在村里,继续办幼儿园,惨淡经营,收入微薄。家里的经济来源主要靠女儿上班的那点儿工资。王淑兰和女儿不仅要承受经济压力,更要承受社会舆论的压力。她们只有默默地行走在人群中,躲躲闪闪,尽量避免引人注目……

2019年入冬前,王淑兰突然接到菰城看守所的电话,说柳一沙就要走了,家属可以来见最后一面。尽管在王淑兰的心里,柳一沙已经是个死人了,但真正到了生离死别的时候,她还是慌了。

王淑兰不知道要不要带儿子去。儿子的性格越来越孤僻,即便在学校里有小姨照顾,他还是不敢跟同学说话。毕竟才十四岁,如果带他去,会不会对他形成刺激,造成难以挽回的影响？可如果不带他去，那是他和父亲的最后一面……

王淑兰拿不定主意，就找妹妹和孩子的班主任商量。班主任说，这么大的事情，应该告诉孩子。于是，王淑兰很婉转地把事情跟儿子说了。

出乎王淑兰的意料，儿子的反应没有想象中那么强烈，他沉默了片刻，说："我不想去，马上要考试了，还有，见了爸爸，我不知道说什么……"

王淑兰点点头："不想去就不要去，安心学习吧。"

儿子想了想，又说："我给爸爸写封信吧。"

其实也算不上是信，更像是一张便笺："爸爸，我不能去看你了，快要考试了。你放心，我会努力学习，积极上进，绝不惹妈妈生气。我以后会好好照顾妈妈，照顾姐姐。再见了爸爸。"

王淑兰和女儿去了菰城看守所，同去的还有柳一沙的两个姐姐。见面的时间很短，只有五分钟。见面时，柳一沙的两个姐姐扑上去一把鼻涕一把泪，把王淑兰和女儿挡在后面，根本不顾她们娘儿俩的感受。王淑兰很想跟柳一沙说几句话，却凑不到前面，只能看着柳一沙流泪。

柳一沙瘦了很多，两个眼袋显得特别突出。看着他单薄消瘦的身影，王淑兰想起新婚之夜他说的那些话，他要成为一名作家，他要出人头地。如今，这些宣言都被岁月碾碎，变成了地上的泥巴……

最终，柳一沙看到了妻子和女儿。他没跟王淑兰说话，只是对女儿说："你的眼睛不要再去北京治了，治不好的。帮妈妈照顾好弟弟，让他好好读书，不要考虑多么好的大学，但一定要选个好专业，以后有个好工作，给妈妈减轻负担。"

交代完这几句话，见面的时间就到了，王淑兰一路上想好的话一句也没能说出来。就在柳一沙要被押回监室的时候，王淑兰仓促地喊了一声："柳一沙——"

柳一沙站住了，半晌才勉强地转身。

"你给我说句实话，让我死心。"王淑兰盯着柳一沙的眼睛，"那些人……真的是你杀的吗？"

柳一沙淡漠地说："我不知道，我不记得了。"

王淑兰的身子剧烈颤抖，哆嗦着从口袋里掏出一枚硬币，走上前，蹲下，把硬币塞进了柳一沙的鞋口里。她哽咽着说："这是给你的买路钱，一路走好……"

王淑兰尽了一名妻子的义务，按照老家的规矩，她送丈夫上路了。

尽管这本书一拖再拖，最终我还是写完了。柳一沙很在乎这本书，我既然答应他了，就应该兑现承诺。当然，在书中他究竟是不是一个恶魔——他自己很在意这一点，只能由读者评判。我相信，公道自在人心。

柳一沙的作品，我以前没看过。为了写这本书，我找来几篇阅读。说真的，他的散文很不好，甚至称不上散文——我想他大概不懂什么是散文，长篇小说也非常幼稚，但他的短篇小说相当出色，人物形象饱满，语言有生活气息，不过，可能是年轻时接受的写作训练有限，他的小说缺乏最基本的写作技巧。

在看守所里，他曾评价自己说，如果没有被警方抓住，他在文学上的成就绝不止现在这个高度。实事求是地说，至少在短篇写作上，他还是有潜力可以挖掘的。不过，从这些话里也可以看出他的自负。这种可笑的自负，许多半瓶子醋的写作者都有。"成就"这两个字，从来不是自己评价自己时该用的词。

讯问时民警问过他："你有没有把你自己的作案过程变成小说里的情节？"

柳一沙连连摇头："我哪里敢啊，回避还来不及……"

但我觉得，回避的只能是情节，不能是情绪。文学是心灵的镜像，写作中的情绪是无法回避的，否则，这就不是写作了。一个终日试图隐藏自己的人写出来的东西，最终能达到什么样的"成就"，我们对此也不必期望过高。

就像本文的题目说的，藏身容易藏心难。

第十三章　不获全胜不收兵

一

姜晔作为"95·11·29"专案组组长，得知柳一沙被抓获的时候，心里长吁了一口气，终于啃下这块"硬骨头"了。

柳一沙被押回菰城看守所，第一次审讯的时候，姜晔特意在监视屏上看了一下柳一沙，看完之后，姜晔淡淡地说："不过如此。"

姜晔作为"五大案件"的侦破总指挥，依然任重道远。接下来，他又把精力放到了"运输船抢劫杀人案"上，集中优势兵力攻营拔寨，不获全胜誓不收兵。

"运输船抢劫杀人案"的专案组成员，大多是当年的老班底。大家信心十足，因为这个案子留下的物证多。过去没能破案，是受限于破案手段的不足，如今警用科技突飞猛进，破案应该没问题。

当年留下的物证上，有指纹也有基因，然而徐盛将指纹和基因输入数据库里，却没有比对成功。

"运输船抢劫杀人案"的专案组长田波思维敏捷，过目不忘，活脱脱是个"小诸葛"。他和专案组成员一起，对所有的原始案卷材料重新汇总梳理，仔细分析研判，对案发现场提取的物证重新分析检验。确定了侦破方向之后，专案组民警奔赴浙江、江苏、四川、青海、福建、广东、广西、云南、贵州等九省区二十一市，开展人员查档、案件串并和技术比对工作，行程十余万公里，查证比对二十余万人次，梳理出重点对象三千余人。

凶手作案使用的水泥挂机船是从吴江偷来的，专案组把吴江作为重点，从2017年7月6日至9月11日，历时六十六天，共采集生物检材三千七百余份，逐一排查比对。

其间，专案组民警走了一段弯路。一个来自四川眉山的男子，曾因打架被无锡公安机关处理并采集了血样。专案组发现该男子的基因样本与"运输船抢劫杀人案"中的凶手有一定相似度，遂前往四川眉山和乐山一带，对该男子的家族进行基因排查。他们走村串户，历时一个半月，采集生物检材三百多份，查证重点人员两千余人。

最终，冯柏林不得不叫停。他意识到，顺着眉山这条线索追查，方向似乎越走越偏，命令专案组返回菰城。也就是这时候，"沈记旅馆杀人案"取得重大进展。那边都快鸣金收兵了，这边却走进了死胡同，专案组民警都感觉压力山大。

姜晔来到"运输船抢劫杀人案"专案组鼓舞士气,跟大家一起梳理总结前一阶段的工作,找出症结所在。最后,姜晔坚定地说:"你们要保持信心,案子一定能破。"

冯柏林也总结说,"沈记旅馆杀人案"多年没破,其中一个重要原因,就是当初专案组民警放弃了一些本该继续追查的细节,导致多次跟凶手擦肩而过。"我们要吸取教训,重新检视侦破工作中的所有细节,细节决定成败。"

田波有些愧疚地说:"请姜局和冯政委放心,我们一定找出遗漏的细节,抓住关键线索追查到底!"

这次研讨会后,"运输船抢劫杀人案"专案组提出了"坚定、坚实、坚守"的口号,各自抓住重点不放松,不破此案决不收兵。

阳光总在风雨后。眼看2017年就要过去,还有两天就是2018年的元旦了,专案组侦查员在例行检索比对"运输船抢劫杀人案"现场提取的指纹时,电脑屏幕上突然跳出一组数据,跟凶手的指纹高度匹配。侦查员再次比对,没错,就是他!此人姓唐,上海警方昨天下午刚刚将他的指纹传送到大数据库,就被菰城警方比中了。

田波立即联系上海警方,了解此人情况。原来,这人是个小老板,眼看年底了,因拖欠农民工的工资,被告到了派出所。派出所民警出面协调,传唤唐老板,问明情况,责令他年底前必须支付农民工的全部工资。按照惯例,派出所采集了他的血样和指纹,上传至大数据库,没想到,竟然让潜藏多年的恶魔现出原形。

姜晔听取了田波的汇报后,要求专案组迅速行动,务必在元旦前将犯罪嫌疑人捉拿归案。

专案组侦查员立即启程奔赴上海,在当地警方的配合下,于28日下午6点在上海奉贤区将唐某抓获。就地突审,唐某交代另外两个同伙落脚宁波。专案组侦查员循线追踪,连夜赶到宁波,于29日凌晨将另外两名犯罪嫌疑人抓获。

当天,专案组成员将三名犯罪嫌疑人押回菰城。这一次,姜晔亲自坐堂审讯,三名嫌疑人交代了他们登船抢劫杀人的过程,并指认了杀人现场,所有交代材料跟侦查员掌握的基本一致。

"运输船抢劫杀人案"在2017年末成功侦破,菰城民警备受鼓舞,市委市政府领导纷纷向姜晔表示祝贺,称赞公安机关"敢打硬仗,是菰城百姓忠实的守护神"。

姜晔顶多兴奋了半个小时,很快又将目光投向"小金山杀人案"和"女童被害案"。

二

转过年后,姜晔召开了"女童被害案"案情分析会,崔和平作为这起案件的专案组长,汇报了案件重启后的侦破工作。姜晔认为,专案组的前期工作非常扎实,到最后冲刺的时刻了。

姜晔对专案组人员进行了调整,将全市局最有经验的刑侦专家都调过来,组成了一个强大的突击团队,让冯柏林全程跟踪。

"女童被害案"现场有两件重要物证,一是女孩儿的鞋子,二是女孩儿的上衣,尤其是衣服上还沾着土,说明二十年没人动过。这件衣服,案发时冯柏林曾经检查过,只是受限于当年的刑事侦查技术,很多细节问题无法处理。

徐盛判断,T恤衫是案犯从小女孩身上脱下的衣服,上面应该留有案犯的混合物。他用物证检测技术,对衣服进行检测。衣服上的混合物,有小女孩自己的,也有别人的。当检测到衣服袖口时,袖口有一个点发出了蓝光,徐盛仔细看,那里有一个斑点,可能是精斑。

此时,徐盛担心衣服可能是存放过程中受了污染,比如民警用手拿动的时候,粘上了脏物,或者滴上了汗水,于是将衣服翻过来，结果在内层仍旧可以看到渗透过来的污渍，这就证明不是用手拿动的时候污染的，而是从外层渗透过来的。

徐盛使用最先进的仪器，把混合物单独分离出来，并将获取的基因样本传到大数据库内检索，在数据库里进行比对，成功匹配到一个叫曾繁荣的嫌疑人。

曾繁荣现年四十三岁，2000年6月至12月，入室盗窃十四次，入室抢劫一次，因盗窃和抢劫罪被判处有期徒刑十年；2010年9月，刚刚出狱不久的曾繁荣又因盗窃货车被判处有期徒刑两年；2014年12月，因入室盗窃被判处有期徒刑一年；2017年6月，又因入室盗窃被判处有期徒刑四年零七个月。

可以说，曾繁荣成年以后的时光，几乎都是在监狱中度过的，每次从监狱出来，时间不长就再次犯案，是彻头彻尾的社会毒瘤。此时，曾繁荣的刑期还没有结束，正在江苏丁山监狱服刑。

姜晔指示专案组暂时不要惊动曾繁荣，一切"以审判为中心"，先围绕曾繁荣以往的历史展开调查。

曾繁荣的父母已经从江苏老家搬到浙江乌镇居住，专案组兵分两路，一路到江苏和浙江走访曾繁荣的父母、亲属和乡人，了解曾繁荣的生活经历，另一路赴苏州、上海、嘉兴、桐乡等地，跟曾经办理过曾繁荣案件的民警进行交流，为后期的讯问工作打下坚实基础。

冯柏林在曾繁荣老家,意外得知曾繁荣十六岁那年,因为性侵一个六岁小女孩儿,判了六个月。于是,他走访当年办案人,调取案件卷宗审阅,发现作案手段竟然跟"女童性侵杀人案"如出一辙:咬鼻子亲嘴、用衣服捂嘴等。

这时候,冯柏林心里更有数了,断定"女童性侵杀人案"就是曾繁荣干的。

经过一个多月的调查摸底,专案组掌握了曾繁荣的大量情况。

曾繁荣从小跟奶奶生活,父母在外打工,逢年过节才回家一趟。老人带孩子,也就是管个吃穿,任孩子自然发育,没有任何教育方法可言。初中还没毕业,曾繁荣就辍学了,跟社会上一帮游手好闲之徒混在一起,打架偷窃,还一起看黄色录像带。他的人生就是被黄色录像带毁掉的。起初是偷女人的内衣,后来发展到猥亵幼女。

十八岁时,曾繁荣跟着父亲跑船,收购废品,家里的收入还过得去。几年后结婚,买了一辆卡车,和妻子一起跑运输,多少挣了一些钱。但他改不掉以往的恶习,心思根本没用在生意上。

冯柏林向曾繁荣的妻子了解情况时,他的妻子说,曾繁荣不务正业,跑运输三天打鱼,两天晒网,经常找不到他人在哪儿,她只得一个人开车上路。有一次半道上翻了车,她的命差点儿没了。她心里很委屈,哪有这样的男人,自己游手好闲,让女人开车跑长途。跟这样的男人过一辈子,有什么意思?

曾繁荣的父亲也对冯柏林说,他这个儿子是个人渣,早该枪毙了。作为父亲能说出这样的话,可以想见他对曾繁荣是多么失望和愤怒。不过恨归恨,毕竟是自己的亲生骨肉,就在冯柏林准备离开的时候,他突然给冯柏林跪下了,老泪横流:"我养了一个猪狗不如的儿子,我这个当父亲的也有罪,求求你们再给他一次做人的机会吧!"

冯柏林只有摇头叹息。

在前期做了大量的调查工作后,专案组民警在省公安厅、江苏省监狱管理局以及江苏警方的大力协助下,将曾繁荣从丁山监狱移押菰城市看守所。

曾繁荣中等身材,体态偏胖,上身穿一件白色圆领衫,下身穿一条灰色裤子,被民警带出监狱大门的时候,一脸满不在乎的样子,走得大步流星,像是急着去赶一场酒席。他进出监狱七八次了,什么场面都见过,转到哪个监狱都是家的感觉。

然而这一次,他走上的是一条不归路。

虽然专案组民警早就料到审讯曾繁荣会是一件非常艰难的事情,但还是被他的顽固和淡定震惊了,几乎就是油盐不进,对于二十多年前在桑麻地性侵杀害小女孩儿的事实,拒不承认。俗话说,久病成医。曾繁荣数次因为违法犯罪进出监狱，对审讯套路非常熟悉，而且大量的服刑时间，在监狱看了很多法律书籍，有关法律申诉方面似乎比律师都明白。

专案组抽调了审讯专家，对曾繁荣轮番施压，曾繁荣摆出一副"大明白"的架势，对着审讯的民警又吼又叫的："我知道，你们不就是想让我认罪，拿下我，你们立功受奖、升官发财吗？"

一位负责讯问的老民警蔑视地看着他："升官？我今年五十九岁，眼看就退休了，去哪里升官？老实交代是你唯一的选择，我们这是给你悔罪的机会！"

曾繁荣狂妄地叫嚣："我没有杀人，更不需要悔罪，你们有证据，就把我枪毙了！"

专案组民警跟曾繁荣展开了一场马拉松式的心理战。民警们把曾繁荣父亲给冯柏林下跪的视频，以及他妻子讲述自己一个人支撑家庭的视频播放给他看，把桑麻地受害小女孩儿的照片展示给他看……民警们给曾繁荣进行心理测试，对审讯曾繁荣的视频反复回看，研究曾繁荣的心理变化，不断调整对他的审讯时间点和审讯态度。

曾繁荣得知警方在受害女孩儿的衣服上检测出了他的DNA，面对这一不容置疑的证据，他的抗拒和抵赖都是徒劳，最终还是交代了全部犯罪事实。他承认在桑麻地性侵小女孩儿，但拒绝承认害死了她，说自己离开的时候，小女孩儿没有死。

他找了各种理由推卸责任。

不管怎么说,曾繁荣对抗审讯的态度有了转变,专案组民警看到了希望,再次提审曾繁荣的时候,心情轻松了许多。

老奸巨猾的曾繁荣,敏锐地从民警们的脸色上,窥视出民警们的内心喜悦。他冷冷地瞅着民警们问:"你们是不是很得意?是不是觉得你们赢了?是不是准备庆功了?"

曾繁荣又恢复到过去那种死扛的状态,无论民警们问什么,就是不回答了。

专案组民警意识到跟曾繁荣较量,不能有任何疏漏,即便是说话的语气和脸上的表情,都要精心设计,做到无懈可击。

经过六个多月拉锯式的较量,专案组民警总计审讯曾繁荣十五次,案件终于取得突破,曾繁荣交代了性侵并杀害小女孩儿的犯罪事实。

案发当天,曾繁荣跟随父亲驾船沿江而下,收购废品。中午时分靠岸,父亲下船买菜准备做饭,曾繁荣骑上自行车去附近的录像厅消遣。那辆自行车是收来的废品,经过修理勉强能用。

曾繁荣看完录像,途中经过小女孩儿的村子,在村口遇到小女孩儿,不由得停下自行车,淫邪地瞅着小女孩儿,说要带她买糖吃。只有五岁的小女孩儿信以为真,跟他走出村外。他把小女孩儿推到桑麻地里,强行亲嘴咬鼻子,小女孩儿喊叫，他脱掉小女孩儿上衣，用衣服捂住小女孩儿的嘴……直到最后小女孩儿鼻子流血，被憋死了。他简单清理了现场，然后把小女孩儿拖到桑麻地最里面，找了一处桑麻茂盛的地方，掩藏了小女孩儿的尸体，骑上自行车逃回船上。

曾繁荣交代的犯罪过程，跟冯柏林等人当初在案发现场勘查的结果基本吻合，专案组民警们终于松了一口气。

随后，专案组民警带领曾繁荣去指认现场。民警们让曾繁荣走在前面，他们跟在曾繁荣身后。由于小女孩儿的村子靠近国道，交通便利，这些年发展变化很大，已经建成了新农村。自然，那块桑麻地也早就成了居民楼。然而即便这样，曾繁荣竟能一路小快步，毫不费劲地找到当年桑麻地的位置。他的记忆力让民警们暗暗吃惊。

至此，"女童性侵杀人案"终于告破。

三

"女童被害案"告破的同时，又传来一个好消息，"寻水灭门案"中成为植物人的凶手马明，在病床上沉睡了十几年后，竟然奇迹般苏醒了。

当年寻水分局刑侦大队长张迪到云南抓捕凶手时，一位当地辅警参与了抓捕行动，尽管他早已离开了公安队伍，但手机里还保留着张迪的电话号码。这天清晨，辅警在一个菜市场发现了马明的身影。怀疑自己看花了眼，他小心翼翼地跟踪了大半天，一直跟到马明家，才确认自己没看错。辅警急忙拨通了张迪的号码，上来就没头没脑地问："你们还要不要抓那个植物人了？"

张迪已经调到市局禁毒支队，突然接到辅警的电话，一时没反应过来："什么植物人？"

"就是平远街的那个植物人啊。"

"平远街"三个字，唤醒了张迪的记忆，他立即上报市局领导。姜晔听了张迪的汇报，命令他带领两名民警去云南核查，如果马明确实恢复了正常，那就必须将其抓捕归案。

按照惯例，张迪到了平远街，首先跟当地派出所民警取得联系，请他们协助侦查。派出所民警立即调取了马明住处周边的监控，寻找马明的活动情况，确认马明还活着，而且可以正常出门活动，甚至骑着摩托车去赶集。

第二天上午8点，派出所民警带着张迪去马明家，准备对他实施抓捕，没想到马明一大早就出门了，派出所民警只好在胡同口蹲守。天空下着小雨，街道笼罩着雨雾。张迪和派出所民警蹲守了一个多小时，有辆摩托车开过来，朝马明家的方向开去。派出所民警说，十有八九是马明回来了，因为这条路的尽头只有马明居住，平时很少有人走。

马明居住的地方曾经是一片"贫民窟"，十年前就已经拆迁了，居民们都搬进了新居，但由于马明的特殊情况，他和父母一直住在破败的老房子，不肯搬迁。

派出所民警开车跟随在摩托车后面，此时雨越下越大，马明停下摩托车慌张地穿雨衣，民警们抓住这个时机，从车内冲出去摁住了马明。

张迪问马明："知道为什么抓你吗？"

马明点点头。

马明昏迷期间，老母亲每天只给他喂一些大米汤，日复一日，年复一年，竟然一天天活下来，最终把老母亲熬死了。母亲去世后，父亲照顾他，每天也只是给他喂一些大米汤。老母亲活着的时候，三天两头给他擦洗一次身子，伺候他大小便，父亲却没这个耐心，每天出门打工挣钱，能给他喂一些大米汤就很不错了。父亲有时候想，儿子跟死了差不多，不如早点儿咽气。

两年前的一天，马明突然从床上滚到地上，摔醒了，他爬起来后觉得口渴，满屋子找水喝，根本不知道自己沉睡了十几年，感觉自己就是睡了一觉。父亲回家发现马明醒过来，吓了一跳，想起他还背着人命案，责令他老老实实待在家里，不要出门。

马明苏醒后一年多，父亲就病逝了，家里只剩下马明一个人，他只能自己偷偷出门购买生活必需品。由于马明住处附近已经没有邻居了，死而复生的马明并没有引起别人的注意。

针对马明死而复生的奇迹,民警专门请教了医学专家。专家说,马明当初骑摩托车摔成了植物人,很可能是因为大脑出血,血块堵塞了大脑神经,如果当时去大医院治疗,很快就能康复,但因为家里没钱,而且在家里人看来,植物人很难治好,去大医院白花冤枉钱,于是只能等死。然而,由于马明很年轻,身体素质好,身体自动吸收了堵塞的血块,大脑神经恢复了正常。

听说张迪要把他带回菰城,马明估计自己这一去就再也回不来了,他跟张迪提出一个要求:"我这辈子还没坐过飞机,能不能坐飞机去菰城?"

张迪哭笑不得:"你也没坐过高铁吧?得了,先坐一回高铁吧。"

确实,马明成为植物人的时候,中国还没有高铁。

尽管马明沉睡了十几年,但他对过去的事情记忆犹新。讯问时,他交代的作案过程和另外两名凶手的供词基本吻合。不过,马明否认自己杀了人。根据另外两名凶手的供词,二楼的男孩儿是马明用电线勒死的,马明却说,电线是他从电视上拽下来的不假,但男孩儿并不是他勒死的。那两个凶手已经被执行死刑十多年了,死无对证,看来这个马明还要让菰城警方继续头痛下去。

冯柏林很想解开心中的疑惑,问马明:"你为什么要在死去的女主人身上盖一床棉被？"

这么多年过去了，这个问题冯柏林一直没琢磨透。

马明说："她被砍了十几刀，样子太难看，我就从二楼拖下一床被子给她盖住了。"

"就这？"

"就这。"

冯柏林心中叹息一声，困扰了自己十几年的疑惑，竟然是这么个答案。

冯柏林去姜晔办公室，把审讯马明的结果向姜晔汇报，说马明的案子还有点儿棘手。姜晔淡淡地说："老天自有公道。"

冯柏林注意到，姜晔的办公桌上摆了一摞卷宗，卷宗上贴着标签——"小金山杀人案"。

姜晔已经准备向最后一案发起总攻了。

结尾或叹息

我是柳一沙被执行死刑的第二天上午，才从网上看到了消息，立即给菰城市局警察公共关系办公室打电话，问柳一沙的妻子和儿子是否赶去菰城跟他最后告别。警察公共关系办公室的陶主任告诉我，他们也不知道具体细节，这些事情只有看守所知道。

我因为赶写电视剧本，原计划2020年春节后，兑现自己的承诺，去柳一沙的老家看望他儿子。不巧，2020年春节暴发了疫情，一直到了5月份，疫情稍有控制，我才给菰城市局警察公共关系办公室打电话，希望他们派人陪同我去安徽南县，看望柳一沙的妻子和儿子。

菰城市局警察公共关系办公室陶主任和刑警二大队教导员潘晨海陪我一起去了南县。潘教导员是"95·11·29"专案组成员，专案组到南县调查、寻找柳一沙的线索时，他在南县侦查了好几个月，对南县比较熟悉，并且参与了抓捕柳一沙的全过程。因为工作原因，后来他跟柳一沙的妻子王淑兰联系过几次，给了她很多帮助，两个人关系融洽，至今还有微信联系。

我们午饭后从菰城出发，开车近三个小时，到达县城的时候，天色已晚，就找了一个宾馆住下。出发前，潘教导员已经给柳一沙的妻子王淑兰打过电话，介绍了我的情况，王淑兰同意第二天上午见面。

当天晚上，我准备出门转转，欣赏一下南县的夜景，不巧天空飘起了小雨，只能早早休息。第二天早饭后，潘教导员特意开车带我在南县县城转了一圈，我很惊讶，真没想到南县这么美、这么安静。有一条河流绕城而过，让城市变得灵动起来。县城内有高楼大厦，也有古香古色的合院，尤其是几个新建的居民小区，品位非常高。据说，南县刚被评为"全国投资潜力百强县"，房价每平方米过万元了，确实有些吓人。

柳一沙的村子比较偏远，从县城通往村子的水泥路很窄，车不能开快，走了一个小时才到村口，柳一沙的妻子早就站在那里等候我们了。她在自己家里办了一个幼儿园，村里人都叫她王老师。柳一沙出事后，幼儿园停办了一些时间，刚恢复不久，又赶上疫情，再次停办。

柳一沙家的房子是一栋两层小楼，临街，院子不大，摆放了一些儿童活动器材。走进屋内，客厅就是幼儿园的教室，不到三十平方米，有十几张老旧的小桌子，还有一些长条大板凳。客厅对面是敞开的厨房，专门用来给孩子们做饭。厨房挺大，收拾得非常干净，还有旁边的厕所，也收拾得很利索，看得出王淑兰爱干净，做家务是把好手。她长得端庄秀气，不像农村妇女，只是面色憔悴，头顶有一大撮头发完全白了，很醒目。如果没有猜错，应该是这两年骤然变白的。年轻的时候，她肯定长得很好看。

家里没有客厅，我们就在教室的一张桌子前坐下了。王淑兰忙着倒茶水、切西瓜，把我们当成尊贵的客人。她的弟弟得知我来家里，也从很远的村子赶过来。我把见到柳一沙时的情况，跟王淑兰和她弟弟详细介绍了，把柳一沙带给她儿子的话，也一字不漏地转达了。

王淑兰一脸感激，说道："真是麻烦你了。"

她说话的声音很细，很迟缓。

我说："还有一件事，我答应柳一沙为他写一本书，想了解你们夫妻生活中的故事，不知道你愿意不愿意说。如果没问题，我们就随便聊聊。"

王淑兰点点头说："他在村子里从来不跟人吵架，我到现在都觉得奇怪，他怎么能杀人呢？像是做梦。"

王淑兰的话题，就从她认识柳一沙开始聊起了，一直聊到柳一沙被执行死刑前，她跟他匆匆见了一面，他们夫妻的生活就此画上了句号。

这时候，已经到了午饭时间，王淑兰执意要留我们吃饭，说她已经做了准备，说着还特意跑到厨房，把准备好的食材展示给我们看。我被她的善良感动了，但还是婉言拒绝了她的好意。我担心跟她一起吃饭的氛围，会很压抑。

临走时，我留下了一个信封，上面写着我的手机号，希望她需要我帮助的时候，能给我打电话。

王淑兰和她弟弟走出来送我，她站在街口，一直目送我上车。

我从车窗向后看了一眼，强烈的阳光下，她娇小的身子显得更加单薄，头顶上的白发更加刺眼。

我心里一揪。漫长的风雨岁月中，她脚下的路不会平坦。

民警审讯柳一沙的时候，他评价自己说，如果没这个案子，他在文学上绝不至于现在的成就和高度。读了他的短篇小说，我信了。

柳一沙非常勤奋，即便在案发后，也依旧没放弃文学梦想。在妻子王淑兰眼里，柳一沙一直痴迷文学创作，"我也劝过他，写作在这个时代赚不到钱，我们家又这么穷，还是要做一些事情为好。可是，他还是闷头写作，有时候关在房间里一写就是几天，晚上很晚了还在写"。

尽管这本书一拖再拖，但最终我还是写完了。我知道柳一沙很在乎这本书，既然答应他了，就一定要写出来。

我希望读者能从柳一沙在夹缝中生长、在人与鬼之间穿行的畸形人生中，品味人性的复杂，懂得如何在风雨中找到回家的路。柳一沙成功藏身二十多年,但二十多年中,他的心却一直无处安放。

藏身容易藏心难。

2021年岁末写于栖霞

图书在版编目（CIP）数据

无处藏心 / 衣向东著． -- 北京：作家出版社，2023.1
ISBN 978-7-5212-2127-5

Ⅰ.①无… Ⅱ.①衣… Ⅲ.①长篇小说 – 中国 – 当代 Ⅳ.①I247.5

中国版本图书馆CIP数据核字（2022）第225530号

无处藏心

作　　者：衣向东
责任编辑：兴　安
书名题字：衣向东
装帧设计：意匠文化·丁奔亮
出版发行：作家出版社有限公司
社　　址：北京农展馆南里10号　　邮　　编：100125
电话传真：86-10-65067186（发行中心及邮购部）
　　　　　86-10-65004079（总编室）
E-mail:zuojia@zuojia.net.cn
http://www.zuojiachubanshe.com
印　　刷：北京盛通印刷股份有限公司
成品尺寸：142×210
字　　数：180千
印　　张：9.25
版　　次：2023年1月第1版
印　　次：2023年1月第1次印刷
ISBN　978-7-5212-2127-5
定　　价：52.00元

作家版图书，版权所有，侵权必究。
作家版图书，印装错误可随时退换。